青年时的沈从文

（上）1924 年，张家四
姐妹合影，右一为 14 岁
的张兆和

（下）张家四姐妹，前
排左起为张允和、张元
和,后排左起为张充和、
张兆和

（上）年轻的沈从文和夫人张兆和，典型的才子佳人。1934年春，沈从文和张兆和在北平达园

（下）沈从文对张兆和说过一句话："我行过许多地方的桥，看过许多次数的云……却只爱过一个正当最好年华的人。"这样的深情表白，不由人不动心。1935年，沈从文与张兆和摄于苏州

（上）1935 年，沈从文、张兆和与长子沈龙朱，旁边为沈从文的九妹岳萌

（下）张兆和携沈龙朱、沈虎雏经香港、越南去昆明时护照所用照片。1938 年摄于北平

沈从文（后右）、张兆和（中右）与儿子龙朱、虎雏在一起。1946 年摄于上海

（上）1969 年 12 月，沈从文下放湖北咸宁"五七干校"，先期下放的张兆和赶到沈从文借宿的 452 高地看望

（下）老年时的沈从文和张兆和

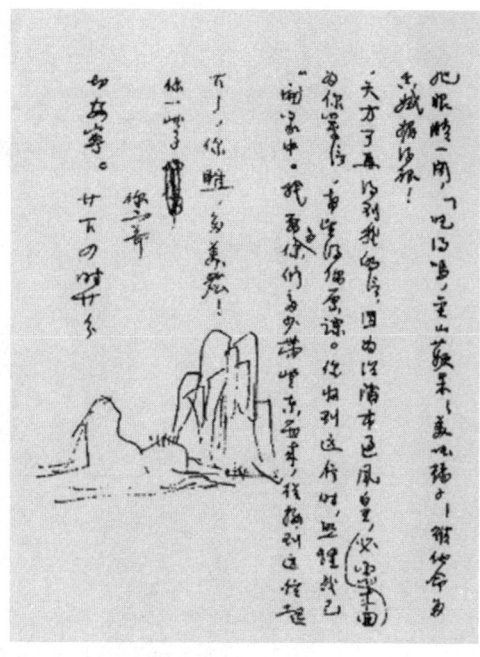

（左）沈从文故居陈列有沈老的遗物和遗像等，这里已成为凤凰这座小城最引人注目的人文景观之一

（右）沈从文《湘行书简》内文，其与徐志摩的《爱眉小札》、鲁迅的《两地书》、朱湘的《海外寄霓君》并称为"民国四大情书"

1938 年，沈从文在昆明

民国爱情传奇

似水姻缘

沈从文与张兆和

乌 合／著

山西出版传媒集团
北岳文艺出版社
BEIYUE LITERATURE & ART PUBLISHING HOUSE

图书在版编目（CIP）数据

似水姻缘：沈从文与张兆和 / 乌合著 . — 太原：
北岳文艺出版社 , 2014.12（2020.10重印）

ISBN 978-7-5378-4349-2

Ⅰ . ①似… Ⅱ . ①乌… Ⅲ . ①长篇小说—中国—当代

Ⅳ . ① I247.5

中国版本图书馆 CIP 数据核字（2014）第 300919 号

书　　　名	似水姻缘：沈从文与张兆和	
著　　　者	乌　合	
责任编辑	张　丽	
设计制作	鸿儒文轩	
出版发行	山西出版传媒集团・北岳文艺出版社	
地　　　址	山西省太原市并州南路 57 号	
邮　　　编	030012	
电　　　话	0351-5628696（太原发行部）	
	010-57571328（北京发行部）	
	0351-5628688（总编室）	
传　　　真	0351-5628680　010-57571328	
网　　　址	http://www.bywy.com	
E - mail	bywycbs@163.com	
印刷装订	三河市华东印刷有限公司	
开　　　本	787×1092　1/16	
字　　　数	172 千字	
印　　　张	13.5	
版　　　次	2014 年 12 月第 1 版	
印　　　次	2020 年 10 月河北第 2 次印刷	
书　　　号	ISBN 978-7-5378-4349-2	
定　　　价	26.00 元	

前言

　　自古红颜多薄命，人生几得到白头？每一段白头偕老的背后，都有一曲不为人知的悲惋情歌。沈从文与张兆和的爱情也是如此，两人在长达五十五年的婚姻旅途中品尝过贫贱辛酸，也见证过纷飞战火。正如破茧之蝶，没有风雨波折，何来生死情牵。"文章知己千秋愿，患难夫妻自可悲。"不知有多少人羡慕沈从文与张兆和相守一生的恩爱，但世事岂能尽如人意。沈从文与张兆和的爱情有太多的无奈和遗憾，却也正因这些无奈和遗憾而分外美好。这或许便是李商隐所说的"此情可待成追忆，只是当时已惘然"。

　　缘牵一线，情定三生。两个本来完全不相干的人，因缘际会，在最美好的青春岁月，相遇于多情的上海。他来自湘西边城，他勇毅，他果敢，他是文坛明星、才华横溢，他顽固地爱着她；她来自烟雨江南，她温婉，她善良，她是名门之后、大家闺秀，她顽固地不爱他。为了得到张兆和的爱，沈从文想尽了办法。蔡元培先生甘为说客，胡适先生要做媒人，丁玲和巴金出谋划策，一个又一个今日耳熟能详的名字，为这份爱情蒙上了一层传奇的色彩，然而真正打动张兆和的却是沈从文的执着与淳厚。他问她，"我什么时候才能喝杯甜酒呢？"她回他"乡下人，喝杯甜酒吧。"四年的等待，千余个日夜的思恋，终于酿成了这杯芳香的美酒。一封又一封没有回信的情书，搭成了两人之间的鹊桥，也成就了这段璀璨的佳话。

新婚的那夜，沈从文认真地对张兆和说："三三，我要为你写一本小说。"也正是这本小说，感动了全世界的同时也拉近了两个人心的距离。一边是成熟的面孔，另一边是稚嫩的脸庞，差异巨大的外表下隐藏的却是两颗同样年轻的心灵，这并不能阻止他们相爱。可遇与可求之间，只在太过年少的时候看来，才仿佛隔着沧海桑田。

才子佳人从纸上开出的爱情之花，在真实的生活中绽放的也是那么美妙。"三日入厨下，洗手做羹汤。"名门出身的张兆和在女红和家务上，展现了惊人的天赋。沈从文的表侄黄永玉曾回忆道："婶婶像一位高明的司机，对付这么一部结构很特殊的机器，任何情况都能驾驶在正常的生活轨道上，真是神奇之至。两个人几乎是两个星球上来的人，他们却巧妙地走在一道来了。没有婶婶，很难想象生活会变成什么样子，又要严格，又要容忍。她除了承担全家运行着的命运之外，还要温柔耐心引导这长年不驯的山民老艺术家走常人的道路。"

虽然日子几近贫寒，倔强的沈从文拒绝了岳父张吉友的资助，凭着微薄的收入，两个人的生活倒也安逸。每日，沈从文在院里的老槐树下摆一张八腿红木小方桌，借着透过槐树的一角阳光，用最好的文字写最美的她，就这样，由早至完，直到夕阳西下，如红豆一点，将相思洒满天穹。

突如其来的战火为沈从文和张兆和的爱情点燃了血色的浪漫，战争可以成就一段倾城之恋，也会为无数的爱人留下无数的无可奈何。1937 年 7 月 7 日，卢沟桥事变的爆发揭开了中日战争的序幕，同时也带走了美好的一切。

此时的沈从文，已是两个孩子的父亲。他小小的四口之家，在这个民族倏然降临的灾祸中，开始接受一份新的命运，从此开始了颠沛流离的逃难生活。最终两夫妻商定，沈从文先离开北平，张兆和随后再带孩子南下，到上海聚会。

1937 年 8 月 12 日清晨，沈从文和几个知识分子化了妆，乘坐第一次平津通车向天津出发。可天津早已不是太平圣地，到处都是荷枪实弹的日本兵。一出车站，他们一刻也不敢停歇，直奔法租界，原本以为能得到法国人的庇护，可谁知法国人乘机敲诈钱财，几番交涉未果，他们只好住进一家大旅馆。按既定计划，他们一行人取道天津，到南京集中，然后再去上海，可谁知日军在 8 月 14 日对上海发动猛烈攻击，去上海无疑是凶多吉少。在天津逗留了十多天后，终于在熟人的帮助下来到烟台，并辗转来到湖南长沙。

逃难的途中，沈从文最放心不下的还是家中的妻儿，每晚的牵挂在不断地煎熬着他。战乱年代里，一次离别或许就意味着永不能再见面。沈从文自己心里也不知道到底还能不能和家人团聚，再享天伦之乐。所有的思念都照例化成那一封封书信里牵挂的文字，这些书信以后都有一个美丽的名字——《飘零书简》。

1938 年三四月，沈从文搭乘汽车离开沅陵，西行经晃县，出湘境，取道贵州贵阳，再入滇去昆明。至此，逃难生涯落下帷幕。

直到年底，张兆和和孩子们才到达昆明，开始了他们在彩云之南的共患难之旅。虽说昆明条件艰苦，但这确是沈从文与张兆和生命中一段相对快意的时光。虽然空中战斗机的轰鸣无时无刻不在提醒着这对患难夫妻，战争远没有离去。但也正因为这种朝不保夕的状态，两个人的感情却多了一份生死相依。如果明天就是世界末日，你会有多爱我？答案只有一个，那就是，用生命去爱。

抗战胜利后，以为风波终于过去的沈从文却又被批为"桃红色作家"，走"第三条路线"。这让本就已经无心文学创作的沈从文大为惶恐，不得不决定放弃写作。而最严重的一次，他竟在家中试图自杀。

1950年3月2日，沈从文进入华北大学，后随建制转入中央革命大学，成为中央革命大学研究班的一员。名为学习，实则接受政治改造。

不仅如此，1966年"文革"初期，沈从文作为反动学术代表，不断遭到批判，两年内被抄家八次，其中被抄走的就包括他那些六公斤一捆的书信——那些相爱的见证。"在这期间，听政治报告，学习各种政治文件，讨论，座谈，对照自己过去的思想认识，检查、反省、再认识，是学员们每天的课目。这些学习，将沈从文带进一个过去因隔膜而陌生的世界。恰如当年从湘西走入都市，两个世界构成的强烈反差，使精神不易取得平衡。他业已感到，自己过去几十年形成的对世界和人生的认识，已经为变化了的社会观念和社会人事所不需要，而对新的观念和现实的接受认同，只能是一个长期而艰难的课题……"恰如沈从文的坚守，在爱情上，沈从文也是如此。晚年时，沈从文神智一度不清，可是当有人拿出一张照片给他看时，他却突然清醒，抢过这种照片，大呼"这是三三"。继而流泪，哭得像个孩子。

"文革"以后，沈从文回到北京，虽然生活条件依旧艰苦，房屋分配问题也久久得不到解决，但历经灾难的沈从文还是在历史博物馆开始了勤勤恳恳的工作。他和助手们一起焚膏继晷，连日增删校订，终于顺利完成了《中国古代服饰研究》的截稿、出版，为史学和学术界留下了重要的一笔财富。

1988年5月10日，八十六岁的沈从文与世长辞。

遍观世界文学史，伟大的作家因其巨大的超越性，往往在生前不能得到自己应有的荣誉与尊敬，在去世后才会真正被世界所认知。沈从文就是最好的例子，在沈从文先生逝世近二十年后，一位名叫马悦然的瑞典人，为我们揭开了尘封的往事。原来，汉学家马悦然早在1985年就当选为瑞典学院院士，并且成了诺贝尔文学奖的评委。在翻译了沈从文的《边城》《长河》等作品之后，他深深地为沈从文的诗心与才情所打动，在马悦然的极力推荐下，评委会成员看到了沈从文的作品，并且为之折服。在1988年5月的会议上，瑞典学院确定沈从文为当年的诺贝尔文学奖获得者。谁料想，5月10号，马悦然接到龙应台的电话，说沈从文可能已经去世。大吃一惊的马悦然赶紧拨通了大使馆的电话，询问沈从文的近况，得到的却是一句冰冷的回答"沈从文是谁？"不死心的马悦然想尽方法同大陆取得了联系，证实了沈从文先生的死讯。根据诺贝尔奖的评选规则，获奖者必须尚在人世，故此，沈从文先生与诺贝尔文学奖擦肩而过，中国与诺贝尔文学奖擦肩而过，直至2014年莫言摘得诺贝尔文学奖桂冠，这一错过就是二十多年。

虽然无缘诺贝尔文学奖，但是读者与时间给了沈从文最公正的评价，在沈从文去世后不久，《沈从文全集》的编订工作就被正式地提上了日程。为了能够给读者提供一个更加清晰的沈从文形象，早已退休的张兆和女士选择了重新执笔。用自己的整个晚年主持《沈从文全集》的编辑工作，就这样，张兆和忙了十年，哭了十年，思念了十年，终于完成了《沈从文全集》的编订工作。此后不久，张兆和女士也因为过度劳累与心神损耗，安静地离开了人世。死后，与沈从文先生合墓，归葬于凤凰古城。

回顾两人五十五年的婚姻，当才子佳人的浪漫遇见了柴米油盐的烦琐，当平静的夫妻生活碰上了战火纷飞的残忍，当我要给你幸福的承诺遭遇了天灾人祸的无奈。却在人生的最后，化为一杯沉郁的美酒。

五十五年的风雨同舟，生死与共。在天国的彼岸幻化为简单而又华丽的表白：我只愿在心里，再为你投递一封情书，让它伴你走过那风朝雨夕。于今，陪伴在两位老人身边的是湘西的山山水水，凤凰的朝朝暮暮。叹边城暮雨，愿相见来生。

目录 \ *contents*
似水姻缘：沈从文与张兆和

第 一 卷

此心只为伊人待

边城的自然之子

在湘西，有一座城，遗世，独立。

小城四面环山，坐落于古木葱茏间，隐匿于深山怀抱中。一条沱江穿城而过，江水柔和清澈，缓缓而东。江山的老船公依稀可见，橹落浪起，拍打着古城阅尽风霜的青石板。岸边的吊脚楼不知站立了多久，略带沧桑的容颜更显出别有风韵的古朴美。弯曲的石板路，通向小城深处，通向一个温婉绰约的桃源世界。

相传在远古时代，生活在中原水乡的凤凰鸟遭到恶人追撵，飞到此处，落地化为石山，故当地的村民称其为"凤凰山"，而"凤凰县"就成为后来兴起的这座山中小城的名字。又据当地老人说，早年时在城中夜半醒来，常闻婉转鸟鸣，其声悠扬动听，有人说是九头鸟，有人说是凤凰鸟。凤凰县或由此得名，也未可知。

"凤凰城里凤凰游，人自堤行江自流。笑语时传浣沙女，轻波频载木兰舟。"凤凰的美，是公认的。而我们的主人公，正是钟灵毓秀的凤凰县土生土长的自然之子。

1902 年 12 月 28 日，沈从文出生于当地一个称得上世家大族的家庭。他原名沈岳焕，在八个兄弟姐妹中排行第四，为家中次子，所以弟弟妹妹管他叫"二哥"，这也是沈从文前期小说中将几个自传性的人物定名为"二哥"的原因。

在湘西，像沈从文家这样祖、父两代均有功名的家族，已经称得上是世家了。沈家兴于其祖父沈宏富，他起于卒伍，在 19 世纪五六十年代太平天国运动时，受清政府委托统率在当地招募组成的篁军，随后升作青年将校，一跃成为将军。1863 年，沈宏富调任贵州提督，由此实现了沈家的转折。但富贵不留人，沈宏富因病英年早逝，只留下周姓原配夫人和一笔"使沈家后人在当地居于优越地位"的不少财产、一份田产。为避免断了香火，周氏按当地风俗替沈洪富的弟弟沈洪芳做媒，找了个苗族姑娘给他做二房，并将他们所生的第二个儿子过继，代为继承家业。这就是沈从文的父亲沈宗嗣。

沈宗嗣受父亲影响，也以当一名将军为自己的梦想，而家里也期盼他能再创父亲的辉煌，于是在他十岁时专门请了一位武术教师，专门训练家中的独子。学有所成的沈宗嗣日后虽随军入伍，并当上了军官，但被派去镇守大沽炮台后，防线却在 1900 年被八国联军攻破，天津沦陷。这一失败断送了他大部分的前程和家业，于是他回到了家乡，之后生下了二子沈从文。

此时沈家仍过着小康的日子，家中有不少田地，年收稻谷三百余担，其中沈宗嗣能得三分之一。而当沈宗嗣在 1931 年前后去世后，家中的期望便全寄托在了沈从文兄弟们身上了。

相比较长年在外的父亲，母亲给幼年的沈从文留下了更为深刻的印象。他母亲名叫黄素英，是当地文庙教谕的女儿。由于她父亲是那儿最早的贡生，可以说是最早的读书人，因此黄素英也跟着读了不少的书，还懂医方，甚至会照相。她打小就跟一个兄弟在军中生活，见多识广。

沈宗嗣长年外出，于是这位瘦小但富有见地的女人便挑起了家里的大梁，从粗细活计，到教育子女，黄素英全都一人包办。沈从文从母亲那里学会了识字，学会了认药，也学会了坚毅的性格。

六岁时，沈从文与两岁的弟弟同时出了疹子，这对当时来说是半个绝症，死生由命，而兄弟两个病得又重，所以家里已经备好了棺木。谁知就在大家都不抱希望的时候，他俩却奇迹般地好了，并逐渐恢复如初。从此，大病不死的沈从文成了让家人手忙脚乱的"猴儿精"。

病好之后，家里便送沈从文到私塾读书。私塾离家不远，设在官仓的衙门内。学习的内容照例是《幼学琼林》，随后读《诗经》《论语》《孟子》等。私塾的作息规定是：上午，背书、温书、读书、点书、散学，下午亦然。虽然沈从文天生记性好，进私塾前也已经识得不少字，但枯燥的学堂生活仍旧提不起他半点兴趣。他说"从不用心念书，但从不在应当背诵时节无法兑付"，天资聪颖的他向来"不思进取"。

对于童年的生活，沈从文记得非常清楚——他最热衷的就是"逃学"。初次逃课，他还惴惴不安，编了家中请客的理由，在先生面前蒙混过关，而实际上他那天在外面看了一天的木偶戏，好不逍遥。从此以后，他逃课的频率逐渐高了起来，哪怕是明知要挨板子，也阻止不了他逃学外出闹腾的步伐了。

跟他一同逃课玩耍的玩伴不在少数，大多是体格强健，家中又无暇看管的"野"孩子。虽然都不生在达官显贵之家，但在大自然怀抱中成长的孩子总是幸福的，从春天的放风筝，夏天捉蟋蟀、游泳，到秋天的摘果子，冬天的打雪仗，孩子们在忘乎所以的简单和快乐中忘记了枯燥的书本和呆头呆脑的先生。他们一同爬树、钓鱼、采花采草，甚至打架斗殴。有时这帮弟兄还上人家的院子里偷果子，哪怕主人挥着木棒驱赶也不悔改，反而公然挑衅。

金介甫在《沈从文传》中说："幸运的是，沈从文在顽童时期的诸般玩意儿也有许多是值得称道的农家娱乐。他们认为收获季节最令人开心。沈从文学会怎样分辨庄稼、识别害虫、抓蚱蜢、刺猬，在浸泡过的田里钓鱼。他学会用稻草编小篮子，或者像《长河》里的滕伯伯卷桐木皮做成哨子吹曲子。沈家还喜欢打猎，打狐狸、野猪、野鹿和捕捉野鸡。捕野鸡的方法是吹口哨和用驯养的囮子鸟作为诱饵，把野鸡引诱出来。鸟都是用猎枪充填上自制火药打下来的。此后学百鸟鸣叫和辨别树种就成了沈从文毕生的爱好。"其充满趣味的童年生活由此可见一斑。

或许正是由于儿时混迹于乡野自然中，与玩伴们过着无忧无虑的日子，养成了沈从文淳朴自然、善于思考的性格特点，也为他今后的文学创作乃至感情生活埋下了重要的伏笔，因此他后来喜欢自称"乡下人"。

然而常在河边走，没有不湿鞋的，屡屡逃学的行为终究被家里发现了。面对一再撒谎、对逃课习以为常的儿子，父亲发怒了，威胁说，若沈从文以后再逃课，就要当众断他一根手指。然而，这次威胁之后换来的除了更大的反抗情绪，再没其他改观。

无奈，家里只好给沈从文又换了个私塾，新学塾的熊先生对待学生异常严厉，沈从文也没少挨打。但即便如此，他没有放过离家较远的地理优势，跟着一个同样把逃课撒谎当家常便饭的张姓表哥又开始了轰轰烈烈的逃学生涯。在表哥的指导下，沈从文圆谎搪塞的能力又精进了不少，如何巧妙地在先生和家长面前找借口已经成了小菜一碟。用他自己的话来说："那一年的生活形成了我一生性格感情的基础……我学会了用自己的眼睛看世界上的一切，到不同生活中去生活时，学校对于我便已毫无兴味可言了。"

由于离家较远，给逃课带来了相当的便利，也使沈从文能够在逃学途中感受学习城里城外的各种自然风光、风俗民情。街头巷尾的各种肉铺、金银铺、染坊、磨坊，无不成了他体会生活、学习知识的场所。生活，玩耍，成了他写作最重要的素材积累方式。在沈从文心目中，私塾中学习的知识毫无趣味，也无多大作用，远不及生活中学到的东西多。如他在《在私塾》中写道："过了衙门是一个面馆，面馆这地方，我以为就比学塾妙多了！早上面馆多半是正在擀面，一个头包青帕满脸满身全是面粉的大师傅骑在一条大木杆上压碾着面皮，回头又用大的宽的刀子齐手风快地切剥，回头便成了我们过午的面条，怪！面馆过去是宝华银楼，遇到正在烧嵌时，铺台上，一盏用一百根灯草并着的灯顶有趣的很威风的燃着，同时还可以见到一个矮肥银匠，用一个小管子含在嘴上像吹哨那样，用气迫那火焰，又总吹不熄，火的焰便转弯射在一块柴上，这是顶奇怪的融银子的方法。还有刻字的，在木头上刻，刻反字全不要写，大手指上套了一个皮戒子，就用那戒子按着刀背乱划，谁明白他是从谁学来这怪玩艺儿呢。"

在与自然的接触中，他学会了提问，学会了思考，学会了感悟，开始追寻世界的乐趣与意义，生命意识在不断地成长，这从日后的思维方式和行为模式中可以窥见。

在私塾待了几年后，辛亥革命波及凤凰这座小城，因此沈从文不得不中断了几年的上学时间。一支多由当地苗民组成的起义军发动了武装起义，一时间原本宁静祥和的世外桃源战火不断。沈家也在这支队伍之列，包括沈从文的父亲沈宗嗣在内的许多男丁都参与了起义。但起义很快失败，清军随即开始了搜捕与屠杀。辛亥革命给湘西带来的不是现代的民族主义与开放，反而将它更加推回到了老路上。

这也是沈从文首次亲眼看到只在书中见过的血雨腥风，但他看起来并不十分害怕，甚至和伙伴们到河边数尸体。年幼的他并不知道为何平白无故地死了这么多人。

一直到年底，捕杀才渐渐停止，但革命给沈家带来的影响是翻天覆地的，沈宗嗣因为秘密参与革命，在民主选举中成为本地要人。但不久因在省议会代表选举中失败而怒上北京，从此造成了沈家衰落的局面。

1915 年，沈从文从私塾转到第二小学。由于学校较为自由，不用死背古书，也没有那么多体罚，还常有假期，因此他改掉了逃学的毛病。半年后，沈从文从第二小学转到城外的第一小学。学校坐落于高山间，周遭风光秀丽，于是又成为他的天堂。虽然比起私塾好了不少，但刚刚开办的新学也并不高明，除了读书识字以外也并没有多少新花样，根本提不起沈从文的兴趣，因此他又投入了大自然的怀抱。

"第一小学位于城南对河的文昌阁。学校依山面河，山上古木参天，林间荆棘杂草丛生，因无人修葺，显得原始朦胧。大白天有大蛇滑行而过时，齐腰深的芭毛便向两边翻卷。文昌阁瓦梁上可见长蛇蜿蜒而下，就连上课时，屋梁上也会掉下蛇来。蛇的种类不一，多为毒蛇，身上的花纹却很美。校门边有一眼井泉，水清冽而甘甜。下课后，学生便用竹筒做成的长勺随意舀取解渴，却从不听说有人因此生病。"课堂丝毫束缚不了沈从文热爱自然的天性，他抓住一切机会体验大自然的神奇，采草药、钓鱼、摘蕨菜，城外的一切都深深吸引着他。

似乎学校注定与沈从文无缘，1916年，当地人都觉得从军有出息，于是一个军官办起了预备兵技术班，想成为军人的沈从文报名参加了技术班。在技术班中，天性顽劣的沈从文居然真给"管住了"，据他自己说，可能是因为那位陈姓教官在他心目中的威信。那时班上采用新式的训练法，规矩十分严格，操练时姿势稍有不对，教官当胸就是一拳；教授的内容主要是跑步、正步、打靶、射击等等。但八个月后，因为陈姓教官调走，技术班无形解散，此时沈家也进一步败落。

而后，恰巧一个杨姓军官带兵路过凤凰，在沈从文母亲的央求下，答应让沈从文以补充兵的名义随军去辰州，这也成为沈从文命运的转折点。

到了辰州后，沈从文被编入支队司令的卫队，在技术班待过的沈从文不久便成了班长。四个月后，他随部队来到怀化，由于上过学，识字的沈从文被任命为上士司书，开始以笔为生，被戏称作"小师爷"，同时也开始了他懵懂的青春。

每逢春秋季，他总会约几个士兵一同到离住处不远的一个风洞，感受山间美景；或是上山砍竹做箫，吹奏《娘送女》《山坡羊》；或是饶有兴致地参观镇上的熔铁厂和修械处。可见哪怕是在军中，沈从文也保持着他爱玩、爱新鲜的天性。

好景不长，1921年，沈从文所在的部队全军覆没，他只好随七舅娘到芷江另谋出路。在芷江，由五舅安排，沈从文在警察所里做了一名办事员。

一天，沈从文的好友马泽淮邀请他去家里做客，于是他见到了马泽淮的姐姐——沈从文的初恋。那是一位白净高挑的女子，一举俘获了少年沈从文的心。

坠入爱河的沈从文再无心公事，只顾日夜写旧体情诗，托马泽淮转交给他姐姐。事后马泽淮说姐姐很关心沈从文，并且喜欢看他写的诗，这让他很快沉浸在了初恋的喜悦之中无法自拔。所以他毫不犹豫地答应了马泽淮三番五次的开口借钱。

但最后，终于觉得事有蹊跷的沈从文发现自己幻想中的两情相悦其实只不过是自己的一厢情愿，而且马泽淮借此向自己前后借的一千块钱也迟迟没有下文，他才幡然醒悟，原来自己醉心的竟是一场荒唐的单恋和荒唐的骗局，于是只得悄悄地离开了芷江，去往常德。

第一段恋情就此过去，看似没有波澜，却伤透了一个天真少年的心。然而谁的人生没有一点波折，何况这对于沈从文今后的人生道路，未必是个磨难。

综观沈从文的早年生活，离不开大自然的滋养，离不开人生的大课堂。他生性叛逆，无法在枯燥的课堂中得到满足，只有在自然中纵情挥洒童年。跋山嬉水的乡野游戏，走街串巷的风情体味，仗剑携酒的军旅生活，都在这位边城的自然之子身上打上了深深的烙印。

书香家的俏佳人

一川烟草，满城风絮，几千里外的苏州虽不似凤凰那样傲然世外，贴近自然，却有着最令人心醉的烟柳画船，水乡美景。古宫闲地少，水巷小桥多，张兆和便成长于这块让无数文人墨客倾心挥毫的宝地。

跟在湘西的沈从文家族比起来，原在安徽合肥的张家则是真正意义上的名门望族。除了宋氏三姐妹，张兆和四姐妹是近现代最负盛名的闺秀。叶圣陶甚至直接断言说："九如巷张家的四个才女，谁娶了她们都会幸福一辈子。"

张兆和的曾祖父张叔声是清末著名将领，据《清史稿》卷四百四十七记载："张树生，字振轩，安徽合肥人。粤寇扰皖北，以廪生与其弟树珊、树屏治团杀贼。……既殁，鸿章状其绩以上，予优恤，太原建祠。"他是淮军领袖，同治年间曾在苏州任江苏巡抚，后升任两广总督和直隶总督，其影响力仅次于李鸿章。

当时合肥有五大家族：周、李、刘、蒯、张，张家也算得上是望族。当地有名为"十杯酒"的民谣：一杯酒，酒又香，合肥出了李鸿章……三杯酒……合肥又出张树声……可见张家的社会地位非同一般。且张树声是有名的儒将，文武兼备，既擅长作文，又爱好昆曲。他生有九子，其中张云端膝下无子，便从五房过继了一子，就是张兆和的父亲张吉友。

　　张家大富大贵，衣食无忧，但张吉友却没有因此而成为不学无术、坐吃山空的纨绔子弟。据张兆和二姐张允和回忆："家里有万顷良田，每年有十万担租，是典型的大地主家庭。父亲可能是因为很早离开了老家接受了新思想，他完全冲出了旧式家庭的藩篱，一心钻进了书堆里。这个家庭带给他的最大便利和优越条件是他可以随心所欲地买书。他痛恨赌博，从不玩任何牌，不吸任何烟，一生滴酒不沾。"可见张吉友是个洁身自好的新派人物。其实他原名张武龄，但他受"五四"思潮影响，觉得自己的名字过于传统，封建味道浓重，于是自作主张改名为张冀牖，字吉友。

　　在合肥时，十七岁的张吉友娶了扬州盐商的女儿陆英为妻，当时张吉友的父亲觉得陆家二小姐贤淑能干，于是托媒人定下了这门亲事。出嫁时，陆家送来的嫁妆放满了一条街，把张家府上的家具全换成了紫檀的，据说陆英花了整整一年的时间置办这些嫁妆。但她二十一岁嫁到张家，三十六岁就去世了，其间十六年生了十四胎，留下了兄弟姐妹九个，其中四姐妹分别是元和、允和、兆和、充和。母亲临终前把帮忙带孩子的保姆叫到身边，给了每人两百大洋，请求她们把子女们伺候到十八岁，然后便与世长辞了。

　　由于怕子女久居合肥，生活在衣食无忧的大家庭中而沾染不良旧习，1917 年，张吉友决定举家迁至上海。

　　在上海，张家上下住在石库门的一个大房子，七楼七底，有一个很大的院子。1916 年，张吉友的母亲去世，家中做法事、摆酒席，结果在忙乱中发现大门口赫然躺着一颗炸弹，吓坏了全家人。结果出丧的日子提前了几天，事后为了避免再有意外发生，1917 年，全家又搬到了苏州，从此张家在苏州又成了名门。

　　来到苏州后，张吉友拿出家产，办了乐益女中，并为之倾入了全部的精力。苏州学者余正心说："他独立办学，没有丝毫奴颜媚骨。不接受当局拨款，不要教会一分资助。每年有十分之一的免费生，招贫寒子女入学，把乐益办成新式中华女校，容纳各种先进思想。尊重教师的人品学识，尊重学生个性和人格。保持教育的先进性、纯洁性、大众性。"同时，他依旧不纳妾、不打麻将、不沾烟酒，耐心教育子女。张允和曾深情回忆："父亲对我们四个女孩子尤其钟爱，他为我们起的名字不沾俗艳的花草气：元和、允和、兆和、充和。后来有人在文章中说，张家女孩子的名字都带两条腿，暗寓长大以后都要离开家。我想，父亲从小给了我们最大限度的自由发展个性、爱好的机会，让我们受到了尽可能好的、全面的教育，一定是希望我们不同于那个时代一般的被禁锢在家里的女子，希望我们能迈开健康有力的双腿，走向社会。"

搬家以前，张兆和姐弟几个居住在上海，同三位寡妇祖母住在一起，因此规矩繁多，极不自由。家中常是大门紧闭，不准随意出门，"有一个李老头子看门。有时听到吹糖人的锣声在门外敲得好热闹，想到那些孙悟空、猪八戒和蚌壳精，我们心痒难熬，但是不许出门。李老头过去好像练过功。他每天早起，要在院子里举石锁若干次，那石锁，我是推也推不动的。"这样不自由的生活对于爱玩的孩子们来说无疑是一种煎熬。每次偷偷跑出去买吃的，被发现后受罚最多的总是不哭不闹的张兆和。

在上海住的几年里，张吉友还为女儿们请了一位姓万的启蒙老师，教她们方块字。一同念书的四姐妹，大姐乖巧懂事，从不惹老师生气，二姐脾气躁，打得，所以挨罚最多的依旧是"不哭不跳不反抗"的兆和。

来到苏州后，再没有了祖母的管教，寿宁弄8号，张家姐妹在这里度过了一生中最幸福、最无忧无虑的日子。

这宅子以前可能是哪户官宦人家的私宅，占地颇大，别具一格。最让姐妹们兴奋的是宅子里有座大花园，那可真是她们童年的乐园。成片的假山，艳丽的花草，清澈的荷花池，园中可谓应有尽有。姐妹们在这儿爬假山、摘果子、看仙鹤，自在无比。花园里还有一个花厅，春暖时节，孩子们都从书房挪到花厅念书学习。花厅还有三分之一是他们的戏台，姐妹们书读得累了，便在戏台上唱戏演戏，自娱自乐。除此之外，张吉友也经常带着姐弟们出门游玩，看苏州名胜古迹，讲历史、说趣闻、吃美食。

　　来到苏州后，兆和姐妹们的学业也没有荒废，父亲专门请了三位家庭教师，分别教授古文、地理、历史，算术、常识、唱歌、舞蹈等。虽在家中授课，但要求十分严格，有固定的作息安排。家中的读书氛围也十分浓厚，共有四个书房，父亲一个，母亲一个，孩子们两个。家里的藏书在苏州是出了名的，称得上数一数二，从书架到地板堆满了各种古书、新书，都随孩子们自由翻阅，这给他们的童年生活带来了巨大的欢乐，也很好地提高了他们的文化修养，使他们从小就带上了书香之气。但张吉友并不满足于此，他还希望女儿们在读书写字之余多接触新思想，感受新生活，摆脱传统陋习的桎梏，成为新式女子，有自己独立的思想。于是他办了个幼儿园，并想完成一个幼儿园——小学——初中——高中——大学的长远计划，但因为种种限制，真正办成功的只有上面提到的乐益女中。

　　在外人看来，张家四姐妹无不是令人羡慕的奇女子，不仅貌美如花，而且饱读诗书，多才多艺，谁娶了她们都是莫大的福分。大姐元和端庄文雅，是典型的大家闺秀；二姐允和聪明敏捷，天赋过人；四妹充和乖巧懂事，规规矩矩。唯独张兆和似乎最为平常，在连生两女后，祖母一心想抱个孙子，所以当母亲生下这个家中第三个女孩时，她落泪了。或许因此张兆和从小就认为自己不招人待见，是可有可无的。她自己在《儿时杂忆》中写道："既然我命中注定是不受欢迎的女孩，在姐妹中无足轻重，倒也有他的好处，就是比较自由。没有人疼你，没有人关心你，倒是自由自在……我的脸黑黑的，全身胖乎乎的，不愁会生病。"可见她非但不觉得自己身处名门、面容姣好，反而有些自卑。后来她和沈从文的儿子沈龙朱也曾说："在四姐妹里头，我母亲是最腼腆、最普通的。她既没有大姨那个长相端庄，又没有二姨那个机灵，还没有四姨那个学问，就是老底子好的。我母亲老老实实上学，在学校，体育运动方面有特长，打篮球比较好。母亲皮肤黑，晒得黑黑的。她在姐妹中是最不出众的。"

有一回，张兆和同两位姐姐在书房花厅后拍了一张合照，当时舞蹈也是家中一位先生教授的内容之一，于是姐妹们得意扬扬地穿上了家里专门为她们置办的练功衣和软底鞋，在一棵杏子树前拍了这张照片。但是照片拿出来后，张兆和大叫："丑死了！丑死了！"大家来不及阻拦，她已经把自己的脸给抠掉了。从这件小事也可以看出来张兆和对自己的外貌并不如我们想象中的那般满意。

这与大部分人心目中对这位大家闺秀的印象大相径庭，但是与一般家庭的女子比起来，张兆和仍旧算是鹤立鸡群了。

她喜欢同父亲一起出去散步，和姐妹们一起读书写字，每天"大字写两张，小字抄一张"。母亲很爱她，但没时间陪她玩，也没太多时间管她，所以会买一串糖葫芦给兆和，让她自己在房间玩。没有人同她玩时，张兆和便一个人"闷皮"。她常在楼梯的栏杆间蹿来蹿去，有一次被一位郭大姐看到，于是到处声张，有人不信，郭大姐就和她打赌，赌一吊钱毛豆，叫兆和表演。结果她真的在楼梯的栏杆间来回钻了好几次，使大家称赞不已。她又是家里出了名的"捣蛋鬼"，常常把家里闹翻天。但即便是调皮捣蛋，兆和也总是单独行动，独自策划。有一次，她把一个泥娃娃砸了个粉碎，又把一个布娃娃剪成了碎片，无奈之下，父亲只好买了一个橡皮娃娃给她，觉得这回她该没法搞破坏了。谁知道女儿直接翻出了一把剪刀，手起刀落，橡皮娃娃的脑袋瞬间就离开了身体，滚落在地板上，让家长们摇头不已。

又有一次，母亲突发奇想，决定在女佣中推行识字运动。张兆和的保姆朱干干本就好学，加上女主人的号召，便常在灯下阅读《三国演义》之类的书，每遇到不认识的字，就把身边熟睡的兆和摇醒了问她。张兆和本就睡眼惺忪，加上那些个字多是冷僻生字，她也不认识，于是总胡诌乱编，蒙混过关。老实的朱干干从不怀疑，还总是做好吃的犒劳这位大小姐。

十一岁时，在父亲和先生的主张下，张兆和同大姐二姐一起插班进了苏州女子职业中学。进学校之前，得请先生补课，于是家里请了先生补唱歌、体操、英文。当时的苏女职中主要以刺绣闻名，学校除了一般基础课程外还加上几门家事，做做石膏等等，但是跟沈从文一样，进了学校后姐妹三个没有改掉淘气贪玩的习惯，学校设在一个衙门的旧址上，校内除了操场外，也有假山鱼池，还有练功的平台和天桥。年久失修的天台看起来摇摇欲坠，除了张兆和谁也不敢上去。她常常爬上天台大声唱歌。不管有没有家庭作业，回家总是把书包一甩就到处玩耍去了。结果张兆和和二姐张允和上了一学期就蹲班留级，只好哭着到另一班去。

但毕竟张家小姐天资聪颖，加上读书已久，功底扎实，张兆和最终仍旧考上了曾培养出大批名家的上海中国公学。

后来，精通昆曲的大姐元和嫁给了名噪一时的昆曲名家顾传玠，引得羡慕之声无数；擅长格律诗词的二姐允和则下嫁书生名门的著名语言文字学家、经济学家周有光；才华最全，工诗词、擅书法、长丹青、通音律的四妹充和嫁给了德裔美籍汉学家傅汉思。张兆和则在中国公学和沈从文相遇，演绎出了一段道不尽的姻缘。

出生在被称为"最后的文化贵族"的张家的张兆和，自幼读书习字，吟诗作画，加上江南水乡的滋养，越发出落得亭亭玉立，可谓兰心蕙质，秀外慧中，是少有的书香世家俏佳人。

但特殊的经历和环境又造就了兆和有些古怪的性情。看起来活泼调皮的她内心顽固、喜欢沉思，多数时候她都很执拗，但是也有慷慨宽容的一面。她自觉在家里无足轻重，是个可有可无的人，但她也不曾觉得自己受了亏待，从未心怀不满。兆和在张家姐妹中又最为朴素，她从不眼红于那些奢侈浮华的事物和不劳而获的生活，她相信简朴是美好的，而自力更生是一个独立女性的基本素养。因此作为一个年轻的女孩，她希望在学校能表现优秀，今后能干出一番事业。

家门口的小巷子在岁月中穿梭，在江南的梅子雨下冒出了点点青苔，张兆和就踩着这承载着家族的荣光与儿时的喜乐的青石板，踏上了求学的路途，去更广阔的天地书写张家的传奇，自己的传奇。

怪客的文坛之路

1922 年夏天，从未出过远门的沈从文辞别父母，离开生活了二十多年的家乡，从常德乘船出发，经八百里洞庭北上，取道武汉，抵达郑州，因黄河大水，交通受阻，辗转徐州，绕道天津，经过十九天的奔波，到达北京。

"北京好大！"

这位来自湘西小城的少年站在车站前的广场上，呆望着人烟辏集、车马骈驰的街道，不禁说出了对曾经以及日后首善之区的第一感慨。

他在旅客登记簿上填的身份是：沈从文，年二十，学生，湖南凤凰县人。

他把自己当作一名学生，或者说渴望成为一名大学生——虽然他从未被哪所大学录取。然而，他仍旧是一名学生，从此以后，他知道自己"开始进到一个使我永远无从毕业的学校，来学那课永远学不尽的人生了。"

从小进入私塾，虽然对先生教授的内容不以为意，但沈从文凭借秉异的天赋，仍旧把四书五经之类背得滚瓜烂熟，积累了古文功底；在部队生活时，沈从文曾被陈渠珍留在身边做书记。陈渠珍也是凤凰人，毕业于湖南武备学堂，曾任行军六十五标队官，1917 年升参谋长，护国战争后任湘西巡防统领。他平时极好读书，以曾国藩、王守仁自诩，其军部会议室里放置了五个大楠木橱柜，藏有十来箱书籍，一大批碑帖，一套《四部丛刊》。开会时如果机要秘书不在，就由沈从文做记录。平时陈渠珍需要阅读某书或摘录某段时，就让沈从文事先准备好，于是，沈从文就负责图书的分类编排、编号、古董旧画的登记整理，学到了不少的知识。又时常需要替陈渠珍抄录古籍，所以日久之后便将大部分的古书都看懂了。另外，在会议室无事可做时，沈从文也就只好借读书来打发时间，他有时翻阅《西清古鉴》一类的古籍，研究古代的器具珍宝，有时翻阅《四库提要》，寻章摘句。

于是，在这个特殊的环境里，沈从文深受传统文化的感染熏陶，领略着古代文明的魅力，打下了在历史、文学、艺术方面的底子。

而后，在五四运动爆发近三年后，身在湘西的沈从文也受到了五四思潮的影响。民主、科学的号召，自由的召唤，新文化的洗礼，终于让饱读诗书的沈从文转向了新思想。于是他知道，有那么一群热血青年，在北京，在上海，高举新文化的大旗，批判旧思想，倡导新思想，宣传新文学。于是他又阅读了大量白话小说、新诗，萌发了用白话文进行创作的欲望，也正是在这时，做出了要去北京的决定，自此开始他曲折又惊艳的文坛之路。

正当沈从文望着北京城的街道感到一片迷茫时，一辆排子车停在了他面前。

车夫客气地招呼道："先生，去哪儿？坐车吗？我带您走。"

估计是车夫一眼就看出了这是个没见过世面的乡下人，所以才拉着这种专门用来拉猪的排子车坑骗他。

"附近有便宜点的客店吗？"

"有呢！就在西河沿，两块钱，上车吧！"

于是，老实巴交的沈从文坐着"猪车"，接受着路人的嘲笑，住进了一家小客店，开启了北京的旅途。

　　不久后，沈从文从那家小客店搬到了酉西会馆，会馆的管事是他的一位远房表哥，所以就给他免了房租。

　　然而，到了北京的沈从文对自己的前途感到一片迷茫，目标也含糊不清，他北上的大部分原因只是听说北京上学的机会多，希望能考进一所大学。然而大学的入学考试对于只有高小学历的沈从文来说无疑难于登天，他在私立学校的入学考试中成绩就不如意，加上没有中学文凭，想进梦想中的北京大学更是天方夜谭。另外他似乎也没有学英语的天赋，当时他的朋友，戏剧作家丁西林和外文系教授陈源都教过他英语，希望能把他送到剑桥学习，但他最终还是学无所成。后来终于是考上了一个中法大学，却因交不起学费而作罢。

　　无路可走的沈从文只好给郁达夫写了一封求助信，郁达夫虽同情他，但却嘲笑他的计划，他在《给一位文学青年的公开信》里写道："引诱你到北京来的，是一个国立大学毕业的头衔。是想毕业以后至少生计问题可以解决。现在考试都已考完，你一个国立大学也进不去……在这时候这样的状态之下，你还要口口声声地说什么'大学教育''念书'，我真佩服你的坚韧不拔的雄心。不过佩服是可佩服，但是你的思想简单愚直，也却是一样的可惊可异。现在你已经是变成了中性——一半去势的文人了。有许多事情，譬如说去当土匪，去拉洋车等事情，你已经是干不了的了。"

　　经历了重重打击的沈从文只好无奈地放弃了升学念书的念头，独自在酉西会馆里开始了自习阶段。他每天早上只吃几个馒头加一点咸菜，就出门径直赶往京师图书馆，直到闭馆才出门回家。不管严寒酷暑，风吹日晒，天天如此，就在这种艰苦的条件下阅读了大量各方面的书籍。

　　就这样坚持了许久，接着，在一位就读于北京农业大学的表弟的帮助下，沈从文搬到了银闸胡同公寓。这是以北京大学红楼为中心的几十个公寓之一，住满了来自全国各地的求学者。恰好此时蔡元培任北大校长，提倡"兼容并包，思想自由"，所以北大允许旁听，对一切人开放。于是，沈从文抓住机会，和一些求学者一起，成为北京大学的一名旁听生。从国文课到外语课，再到历史哲学课，沈从文都听过。然而有了听课自由的沈从文还是想成为一名正式的学生，于是他又参加了燕京大学二年制国文班的秋季入学考试，却在考试时得了零分。至此，沈从文再没了考试进大学的信心，开始专心伏案写作。

做成文章后，沈从文就壮着胆向各文学杂志、报纸投稿，然而稿子总是一去不复返，再无下文。因为当时报馆不愿意花邮费给作者退稿，而沈从文也没工夫另抄一份底稿，所以他早期创作的作品大多没有留下来。但执拗的湘西小伙没有灰心，他不但没有放弃写作，反而坚定了"文学革命"的主张，认为社会亟须改造，而社会的改造又必须从文学的改造开始，于是，他仍旧一心钻研、创作新文学，希望为文学的革命、社会的革命出一份力。

决绝的付出终于有了回报，沈从文可以查到的第一篇发表作品是1924年12月的《一封未曾付邮的信》，不久以后，《晨报副刊》就开始经常刊登沈从文的文章了。有一次，沈从文以笔名休芸芸在《晨报副刊》发表了《遥夜——五》，叙述了自己一段乘车经历，将自己的困窘处境与有钱人的生活相对比，反映出内心深深的孤独感和苦闷感。北京大学哲学系教授林宰平看到这篇文章后大为感动，特地写了一篇文章，其中在引用原文一段话后评论到："上面所抄的这一段文章，我是做不出来的，是我不认识的一个天才青年休芸芸君在《遥夜——五》中的一节。芸芸君听说是一个学生，这种学生生活，经他很曲折的、很深刻的传写出来——《遥夜》全文俱佳——实在能够感动人。然而凄清，无聊，失望，烦恼，这是人类什么生活呢？"

随后，林宰平对这位青年特别照顾，还特地托人找到了沈从文，邀请他去自己家中聊天交流。素未谋面的一老一少一谈就是一整天，从聊天中，林宰平知道了眼前这位年轻人并不是什么大学生，而是一个没有工作的文学青年，处境窘迫，于是大为同情，将这位有志青年的悲惨遭遇告诉了梁启超，梁启超于是又把沈从文引荐给了好友熊希龄。正好熊希龄办的香山慈幼院缺一个图书管理员，于是沈从文得以在熊希龄手下做事，开始了他在北京的第一份工作。

在香山，熊希龄常常在晚上同沈从文谈论有关文学、时事、哲学等方面的话题，并向沈考问各种知识，还送他去北京大学图书馆，由袁同礼教授教他编目学和文献学。沈从文在此期间可谓收获颇多，知识见长。可是这个淳朴的乡下小伙总觉得自己跟熊府的绅士气派格格不入，与他们有很大的隔膜，加上他在其间发表的《第二个狒狒》和《棉鞋》两篇小说得罪了熊希龄和慈幼院的教务长，所以等到他1926年在《现代评论》社里找到一个录事的职务后，只好离开了香山。

没有了熊希龄的照顾，沈从文又过上了以往穷困潦倒的生活，并且写了好几篇自传性的小说，哭诉自己家徒四壁、生活艰难。但他依旧没有放弃个人操守，面对当时各种政治力量钩心斗角、军阀混战的局面，他看得眼花缭乱，政治势力成分极其复杂，相互竞争，却一律都打着"革命"的旗号，谁左谁右，孰是孰非，真是把沈从文给弄晕乎了，于是他干脆拒绝参加任何学生集团和政治派别，远离政治斗争，也远离依靠为政治做宣传谋生，而是坚决地声明"我并不是为了吃饭和做事来北京的！"而是"为了证实信仰和希望，我就能够活下去。"

凭着这样的信念和不曾懈怠的文学梦，沈从文在文学创作的道路上终于小有所成。1925年至1927年，他的作品越来越多地出现在《晨报副刊》和《现代评论》上，小说也开始在《小说月报》上发表。在短短的三年间，沈从文先后发表各类作品一百七十余篇。1927年，他出版了第一部小说集《蜜柑》，终于开始无限地接近了他怀揣多年的文学梦。

除了自己坚韧的毅力和不断的尝试以外，沈从文的成功也离不开一群好友的倾力相助——这是他用自己淳朴的性格和真诚的态度换来的。在这段时间，他结交的最为重要的朋友或许是《京报》副刊的编辑胡也频。从 1925 年结识，沈从文同胡也频、丁玲夫妇开始了长达几十年的友谊和恩怨。三个有理想的年轻人大谈特谈他们的文学梦，立志要合力闯出一片天地，然而他们自办刊物的设想还未经仔细考虑就早早夭折了。

秉着"我只想把我生命所走过的痕迹写到纸上"的创作冲动，沈从文在这个时期创作的作品大多带有自叙传色彩，写得真实、真诚。如《一个退伍兵的自述》等等。用凌宇的话来说："或许，这些早期作品蕴含的另一个侧面，即更为内在一点的，是刻画在这些作品里作者的心理轨迹。从这一侧面，我们看到了一个焦灼不安的痛苦灵魂，一个属于初入都市'乡下人'卑微的身影。"文章大多表现作者在人生的旅途中遭遇的种种波澜和不幸，以及生活中的不如意和拮据，发出一种悲凉而又隐秘的对人生、对生命的喟叹。

然而在这种卑微的控诉下，也不乏强烈的自尊心。比如在前面提到的《棉鞋》一文中，沈从文就如实记叙了他在慈幼院时所受到的一次嘲笑：1925 年 8 月某天，因囊中羞涩而未给衣服换季的沈从文拖着一双棉拖鞋走出香山图书馆，突然脚上挨了重重的一棍子。沈从文抬头一看，原来是慈幼院的教务长，他戴着副墨镜，拿着棍子一脸不屑地指着沈从文的鞋子说："我当谁呢，原来是沈从文啊，你这鞋子也太……""那个……没钱买新的，鞋底烂了也只好穿着。"谁知面红耳赤的沈从文又挨了一棍子，"看看，看看，你这成什么样子！"

这使得沈从文的自尊心大受伤害，于是他愤怒地写下了这篇《棉鞋》，可见穷困内向的他倔强而又十分的要强。

这与他在北京的经历是分不开的。在这个大都市中，作为一个乡下来的无依无靠的年轻人，他既没有学历，又没有关系，只凭着一点文学的功底，穿着破烂的衣服，混迹于文人绅士之间。在这样的环境中，沈从文自然常常担心别人看不起自己，会对自己冷嘲热讽，长而久之，便养成了极强的自尊心。

但不管怎么说，当初一文不名的沈从文如今在文学界也算小有成就了，这位故都怪客，果真凭着他那个缥缈而远大的文学梦，跌跌撞撞地闯出了一条不俗的文坛路。

与此同时，在文学上小有成就的沈从文也对异性有了模糊的憧憬。他在《第二个狒狒》中讲述自己在剧场看戏，当看到老爷带着两个"小玩物"坐上前排，他仿佛看到了两个"奇丽肉体"，不禁想起了《圣经·雅歌》中赞颂女王大腿"圆润如玉"的诗句，内心风起云涌，久久不能平息。这种渴望异性的本能与欲望无从得到满足的矛盾引起了灵与肉强烈的冲突，令年轻气盛的沈从文苦不堪言。于是，饱受折磨的他再不觉得女人有什么意思，不再去想这些"卑劣的东西"了。

但是，他始终相信，在前方有一个灵魂的伴侣，正在烟雨氤氲间款款而来，并会陪伴自己经历雨雪风霜。所以，他一直静静地等待着。

命运在此刻相遇

宁期此地忽相遇，惊喜茫如堕烟雾。或许命运赐予我们最神奇的馈赠，便是遇见。我们总是在不知不觉间邂逅了自己的一生，听见风声拂过耳畔，可能是爱的脚步，看见秋月映在水中，可能是爱的赠予，就连阵阵花香，也可能引着你寻找爱的殿堂。

太多的遇见在太多的地点，太多的时刻。完美的不完美的，有趣的没有趣的，携手共度和劳燕分飞。但终有一种遇见叫怦然心动，那种第一眼就知道注定会相约一生的感觉。就恍如年轻的武士，在凯旋的仪仗队中看到了那个拿着鲜花的女孩，他对着马上的同伴，指了指那姑娘："瞧，那美丽的姑娘，将是我的新娘。"校园是一片神奇的沃土，它孕育学识智慧，它开出友谊之花，它让青年在最美的年华遇见最美的她。最美的年华，最美的怦然心动，就在最美的校园时光。然而，校园中有一种爱情叫作师生恋，总是不被世俗接受，但正因为如此，才爱得更加疯狂。师生间的情缘，向来只是校园这片爱情之海中偶尔卷起的波澜——不起则已，起则排山倒海。

1928 年，上海，中国公学，现代文学课上。

一个毛头小伙子局促不安地立在讲台上，似乎怎么也找不到一个自然的站姿，早已对台上的老师有所耳闻的学生们早早地就将教室坐得满满当当。在几十双期待的眼睛的注视下，前一晚准备的一篓子话此时他却说不出半句。时间一分一秒地过去，尴尬的气息凝滞在空气中，没有想象中的激扬文字，没有预料中的大家风采，只有无言。他的额角仿佛有汗滴流下，脑海中一片空白。五分钟后，稍稍平复心情的老师终于操着浓重的乡音开口授课了。

"嗯……学习白话文的写作，最要紧的……就是不要做八股文……"

"要谈写作……就必须先学会叙事……"

就在大家以为他要开始进入状态时，他却又停下了——原先准备的足够讲一个多小时的内容竟在十几分钟内说完了。当然为了这次课程，他付出了很多，认真地准备，尽可能地付出，然而，很多事情，总是不可预知，命运的车轮滚滚驶过，带着我们走向不可知的未来。就如同本来一场精心准备的出场，莫名地变成了沉默。他尽过力，结局依旧如此。

然而，他还在努力，努力结束这场沉默。在几分钟令人面红耳赤的尴尬后，他只好提笔转身，在黑板上写："第一次上课，见你们人多，怕了。"

不错，这就是沈从文，那颗从边城来的文坛新星。

就在几年前，这位初到北京的湘西小伙还梦想着能进入大学，成为一名京城的大学生，但由于种种限制而未能实现。只不过数年，他真的进入了大学，但不是在讲台下，而是在讲台之上。通过徐志摩的推荐，校长胡适接纳了沈从文，让他在中国公学教授新文学研究、中国小说史和小说习作。他跳过了在北京的大学里学习的梦想，而直接成为一名大学老师。虽然从第一堂课看起来，他与教师这个职业显得有些格格不入，但来到中国公学授课，无疑成为他一生的转折。

当时沈从文租住在法租界，上课的前一天这位底气不足的年轻老师做了十二分的准备，足足将讲稿备到够讲两倍于上课的时间。课前，他早早地换上整洁的长衫，花了八块钱雇了辆车体面地赶到学校——当时讲一小时的课薪酬也不过六块钱，可见他对这初次的授课是多么重视和忐忑。

然而，如此充足的准备也没能让他在课上一展风采。

据说学生们"善意地笑了"，原谅了他的慌乱，但细想当时的情境，其中的嘲笑者应该不乏少数。结结巴巴地讲述和难懂的湖南口音必然有失知识分子形象，不免让大家大失所望，而与学生们心目中的文学大师形象就更是相去甚远了。盛名之下，其实难副。听说最近文坛上有位才华横溢的年轻作家，以甲辰、休芸芸等笔名发表了一系列动人的文章，如今他来到自己学校授课，对新文学怀着好奇之心的同学们自然趋之若鹜，使得教室爆满。正因为对这位著名的文坛新星报了太大的希望，所以失望就越大。

课后大家不免纷纷议论，不少人对他指指点点，觉得此人着实是名不副实，纳闷凭他那胆量和表达能力，竟何以敢来中国公学教书？

而"校花"张兆和正是嘲笑者中的一员，事后她就曾专门与当时同在台下的姐姐张允和在背后偷偷取笑这位惶惶恐恐的老师。

但这并非真正恶意的嘲笑，反而带着一丝为这个害羞的老师捏一把汗的紧张。据她回忆，上课时她的心都提到了嗓子眼，实在替沈感到担忧。英文系的她本是慕名而来，专程想一探这位传言中的才子的风采，不想却见到了一个带着些腼腆与木讷的"呆子"。很多名人在第一次公共场合说话时也是如此，并无可厚非，但如果这是一次情人间初逢的话，只能说："很不幸，您交了白卷。"

沈从文在张兆和心中留下的第一印象大抵如此：不过是一个完全谈不上出彩，甚至有些土里土气的先生而已。

但是平平淡淡甚至略显尴尬的见面，在不知不觉中激起了千层之浪。

才子词人，自是白衣卿相。美貌无双，无妄倾城倾国。郎才女貌已经成了国人心中完美爱情的定式。一位是湘西而来的文坛新星，跻身于国内顶级作家行列。一位出身名门，才貌无双。佳偶本天成，只为命运在此刻相遇。

随着对上课氛围的逐渐适应，沈从文也渐渐展示出了自己的才华。他倾尽所能把自己理解的文学观、价值观以及文学知识传授给学生们；同时他为人随和，没有架子，也毫不恃才傲物，因此得到了学生们广泛的认可和追随。此前"嘲笑"他的张兆和也欣赏他的人格魅力，称他是一位可敬的先生。

而沈从文此时也注意到了这位人气颇高的"校花"。或许张兆和并不一定如传言所说真的是中国公学师生们公认的校花，但绝对也是一个十足的美女，是众男生心目中的"女神"。她"额头饱满，鼻梁高挺，秀发齐耳，下巴稍尖，轮廓分明，清丽脱俗"，她皮肤略黑，人称"黑牡丹"。她夺得公学女子全能第一名，是许多人竞相追逐的对象。因此即便身为老师，沈从文也或多或少地注意到了这位出名的女孩。

一次，沈从文下寝室看望学生时见到张兆和，于是问她："你就是他们说的那个笑话？"张不解，在沈将直舌头解释了一通后，才听懂他说的是"校花"，于是才不好意思地笑了。

听者无意，说者却是有心。莫名的情愫在这位腼腆书生心中悄然而生，梦中那位纯情飘然的女子似乎与眼前人重叠了，重重地叩开了他的心扉。一个平淡的相遇，拉开一场轰轰烈烈的爱情绝唱。

从此以后，沈从文就对张兆和"格外观照"，时常关心张的学习生活状况。但除此之外，不善言谈的他大多数时候只是沉默地听着女方一个人说话，而傻傻地笑着。无言之下，却是心潮暗涌。

突如其来的爱意是难以解释的，但又如睡意一般难以抑制，真折煞人。就像沈从文在给张兆和的第一封情书中说的那样："不知道为什么，我忽然爱上了你！"我们不知道沈是何时萌发了爱意，或许他自己也不清楚自己哪一刻起坠入了爱河。

不期的相遇，时空交汇于此时此刻，他的时间凝滞了，似乎追随，只需瞬间。两个世界，两个身份，原本沿着各自的轨迹前进的湘西少年和绰约佳人就这样被命运神奇地牵引在一个普通的屋檐下。

然而此时，张兆和对沈从文的印象并无多大改观，只是如前面所说的较之前多了一丝敬意，这比起沈从文决堤般涌动的爱情实在不值一提。

当沈从文暗暗对自己的学生生发好感时，他是否犹豫过？当逐渐得知对方是众多比自己更加充满青春活力的男学生争先追逐的对象时，他是否动摇过？当寄出第一封情书时，他是否犹疑过？这些我们无法得知，只能自己揣测。而唯一确定的事实是，这位看起来腼腆含蓄的青年才俊，已经下定决心要拥有她。这或许就是一个文人的浪漫，不需要那么多的规则，只需当心爱的事物出现在眼前时果断地伸手握住。

回顾在沈从文生命中留下过一笔的女性，张兆和并不是第一个。除了前文提到的他朋友马泽淮的姐姐，沈从文对女作家丁玲似乎也曾有过一段时间的爱慕之情。那时丁玲和胡也频是恋人，而他们两个跟沈从文都是好友。由于是同乡，每次丁沈二人总有聊不完的话，每次沈从文到丁玲家中，总得跟她聊个天昏地暗，甚至有时连胡也频也插不上话。这就难免在外引起了漫天的谣言，外人纷纷揣测其三人间不寻常的关系。虽然沈从文和丁玲似乎真的只是要好朋友，否则胡也频也不会对沈真诚以待，而且此后两人之间上演过一段段至今还未被人理清的恩恩怨怨，但不管怎么说这也是一个曾经给沈从文带来过不小影响的女性，也应该在沈心中留下过浓墨重彩的一笔。1933年丁玲被捕后，沈从文连续写了《丁玲女士被捕》《丁玲女士失踪》等文章质问。当传言丁玲被害后，他又写了纪实小说《三个女性》来纪念丁玲。"她自己不能活时，便当活在一切人的记忆中。她不死的。"在小说中，沈深情地赞美了丁的为人、品格，丁玲在他心目中的地位由此可见一斑。

然而只有这一次，他才真正确信自己遇上了对的人。"我行过许多地方的桥，看过许多次数的云，喝过许多种类的酒，却只爱过一个正当最好年龄的人。"这段让人柔肠寸断的文字，就是沈从文最走心的表白。站在这个一颦一笑都让自己魂牵梦萦的女人面前，此刻他终于明白了之前自己并未真的体会过爱。从前两次的错过中，孕育出了更刻骨的相遇。诗人的爱情从来都是热烈而狂放的，尤其是在表达上。他会赋予这份爱情远超过爱情本身的幻想，在诗人的心中，爱情是百分之一百零一的美好，永远比完美多那么一点点。在爱上张兆和后，沈从文挥毫泼墨，将他的一腔情意洒在纸上，此后，张兆和桌上的情书一天天地厚了起来。

金风玉露一相逢，早已胜却了人间的无数。渡边淳一说："几千年来，爱情从来没进步过。"纵然世事变迁，时代更迭，纵然是文学大师，面对爱情，还是一样的毫无抵抗之力。惜取眼前人成了他授课之余唯一迫切的愿望。爱情从相逢开始，相知相爱，携手一生是太多人的梦想。纵然是沈从文也不会例外。

诚然，乐莫乐兮新相知，更何况，遇到了命中注定的那个人。但上天总是公平的，没有什么注定一帆风顺，没有一段美好的感情可以不经历风雨。从相识到相知，绝不是一段可以轻易跨越的鸿沟。

第二卷

知君用情如日月

日夜相思凤求凰

　　有一年生日时，沈从文独自走在黄浦江边，面对浩荡的江水，他问自己："一个人为了什么才会毅然地投江呢？"他自己给出的答案是爱情。

　　但初恋那段不堪的记忆一直深深刺痛着他的心，让他从那以后一直对所谓的爱情望而生畏；加上而后的一些经历，他时常觉得爱情同他渐行渐远了。

　　可是他错了。几年之后，这段可以让他付出生命去追逐的爱情果然在不经意间降临了。

　　为了抓住它，心思单纯的湘西小伙使出了浑身解数。

　　寝食难安的他却又不知道该怎么做，只是在傍晚散步逛校园时，总不知不觉来到女生宿舍楼下，希望能有幸邂逅梦寐求之的她。然而有时候真的遇上了张兆和，他又只是傻呆呆地站着，满脑子的情话不知跑哪去，最后总只是愣头愣脑地蹦出几句"最近功课跟得上吗""最近在读些什么书呢"之类的话。

　　虽然没什么经验，还有些措手不及，沈从文倒也摸索着前进。渐渐地他了解了张兆和喜欢的话题，两人的对话终于不再只限于读书学习的范围了，但大多数时候沈从文仍旧只是一味地听着，偶尔附和着张兆和。他既很少想到有趣的话题，又总是木讷地站着挠头，连坐下也不肯。无辜的张兆和对这个害羞的老师感到十分的好笑，又觉得有些莫名其妙，心中开始有些狐疑。果不其然，不久后她收到的一封信写着："不知道为什么我忽然爱上了你。"这正是来自沈从文的第一封情书。

不胜言谈的沈从文还是选择用笔来倾诉自己的爱慕之情。文字给了沈从文大得多的发挥空间，也让他获得了大得多的勇气，从此，他的爱被刻在了漫天的飞鸿间，一写几十年。

但这次对方的回应却远不像几年前的初恋那样"迅速"，信心满满寄出去的信总是石沉大海，一去便杳无音讯。

也难怪沈从文的情书从来得不到回应，当时张兆和的爱慕者简直可以用成群结队来形容。心高气傲的张兆和把他们编成了"青蛙一号""青蛙二号""青蛙三号"……而在二姐张允和看来，沈从文大约只能排到"癞蛤蟆第十三号"。虽然这只是戏言，但至少说明沈从文并未引起张兆和的关注，在她的"排行榜"上完全排不上号。所以对于沈的书信，她虽然感到诧异，但从不回信，这一方面是不敢正面地拒绝自己的老师，另一方面也是希望沈从文能了解自己的心思，然后主动放弃。

文采出众的沈从文对于追女生毕竟还是门外汉，不知道这时的少女张兆和，正是处于那个叫作仰慕英雄的年龄阶段。更多的时候，这个年龄段的少女，会因为崇拜而爱上某一个人吧，而不会更多选择一个在自己面前全无自尊的男子。爱情，当有一方完全以战败者的姿态出现时，就将是一场永远也不会对等的赛跑。这一封封饱含爱意的情书送到张兆和手里，却如同石沉大海一般，杳无音讯，不过这件事却在全校流传开来，闹得沸沸扬扬，成为当时著名的"桃色事件"，而且还惹怒了张兆和。作为一个大家闺秀，成长于书香之家的女子，她不甘心也不愿意陷入这样的桃色新闻里。在沈从文看来，他用他的方式追求着自己心中所爱，但是没有想到会为她带来这么多苦恼。但是沈从文真的一点都不在意张兆和的感受、从来没有为张兆和考虑过吗？答案当然是否定的。沈从文之后也意识到了，如果永远站在臣服者的地位，是无法获得一场完美爱情的。因为那只是赏赐或者怜悯，而不是真正的心心相印。沈从文在青岛教书的时候，曾经写过这样一封信给张兆和："我希望我能学做一个男子，爱你却不再来麻烦你，我爱你一天，总是要认真生活一天，也极力免除你不安的一天。为着这个世界上有我永远倾心的人在，我一定要努力做个切实的人的。"可惜，这封信寄出的时候已经是在几年后了。此时的沈从文在张兆和心中只是一个不断给她添麻烦的乡下人，肉麻并且令人厌恶。

谁知沈从文对这一切根本不管不顾，只是一味执着地写着他的情书。

这种状况一直持续了半年多，起初，沈从文还信心满满，用心雕刻着他的文字，相信这位江南女子定被自己的甜言蜜语和一片真心所打动。但是当他知道自己在张兆和心中根本没占什么分量，而漫天的情书又不曾换来一次回复，他开始感到惶恐了。"癞蛤蟆十三号"的称号传入他的耳朵时，这个男人放声大哭。他觉得自己蒙受了莫大的羞辱和讽刺，自尊心受到极大的打击，但又别无他法，只好关起房门来生闷气，一天到晚不见人，连课也不上了。他开始思考这样单方面不顾一切地追求是否值得，这样糟践人的努力是否会有结果。思前想后，他决定放弃了，放弃这种卑微的爱，退出这场漫长又无尽头的马拉松。

可是求爱的怪圈岂是可以说跳出就跳得出的，越是得不到的，越是无法割舍，哪怕结果是渺茫，哪怕知道不合适，又有几人能在冷静思考后痛下放弃的决心。好不容易说服了自己的沈从文没过两天又开始犯起了相思，脑海中那灿烂的笑靥挥之不去，他又陷入了不绝如缕的思念中。

　　无奈之下，沈从文找到张兆和同舍好友王华莲，希望能先感动她的好友，借此曲线救国。但王华莲带来的关于兆和的消息却让沈陷入更深的绝望：苦苦追求着张兆和的男人不乏成百上千，多的时候一次取信可以收到几十封情书，她向来从不回信，而且对不间断的情书厌烦得很！所以王华莲劝他还是死了心吧。听到这个如同死刑宣判的消息，沈从文再也按捺不住内心的酸楚，当着王华莲的面，他像个孩子一样动情地放声恸哭。

　　而这哭声，非但没能打动兆和，甚至连王华莲都心生反感。她觉得，沈从文这个没见过世面，又经不起打击的"乡下人"实在配不上兆和，所以，王华莲这条曲线反而弯向了远离沈从文预期的方向。再度遭遇"滑铁卢"的沈从文彻底迷失了方向，湘西人的原始蛮劲开始占据上风。张兆和曾在日记中写："他对我的室友莲说，如果得到使他失败的消息，他只有两条路可走，一条是刻苦自己，使自己向上；这是一条积极的路，但多半是不走这条的。另一条有两条分支，一是自杀，一是，他说，说得含含糊糊，我不是说恐吓话，我总是得……总是出一口气的。出什么气呢？要闹得我和他同归于尽吗？那简直是小孩子的气量了。我想了想，我不怕！"

　　才子的策略软硬兼施，有时他表示即使遭到拒绝也没什么紧要，自己并不会为难兆和，而是默默地离开，绝不继续叨扰；有时却又简单粗暴，扬言要自杀，以恐吓求之而不得的姑娘。

　　黄浦江边无心的自问自答竟然成了赤裸裸的现实，面对无力抓紧的爱情，沈从文真的想到了死，但这样莽撞的示爱方式完全没有得到张兆和的同情。也无怪她无情，面对一个如此缺乏理智，以死相逼的求爱者，哪怕是一个普通的女孩也会心生畏惧，避而远之，何况是出身名门、学养深厚的张家千金呢？

　　室友的路走不通，作为张兆和的室友兼好友的王华莲此刻对沈从文充满着厌恶，不说坏话已然是好的，又怎能奢求她再为自己的爱情美言呢。从自己来看，不过是张兆和眼中众多凡人中的一缕尘土。从未有一刻，沈从文感到如此孤独，感到如此绝望。张兆和如果原先是一位引动他心扉的女子，此刻已然是遥遥挂在天上的星辰，可望而不可即及，或者说连望一望都是一种奢侈。有一种感觉叫无力，此刻的沈从文便是如此。

1930 年 4 月 26 日，长期茶饭不安又心事重重的沈从文病倒了。他连续流了两次鼻血，高烧持续不退，卧病在床，身体状况极其糟糕。不过比身体上的折磨更让沈从文难以忍受的是精神上的折磨，无果的付出熄灭了他世界中所有的灯光，周遭净是黑暗。现在，连他最有把握的文字都已经失去了往日的魔力，在心爱的女子面前显得那么软弱无力，这摧毁了他所有的信心。

黔驴技穷的沈从文再一次想到了王华莲，想告诉她自己已经打算离开，并托她再问兆和一次，看能不能给自己一个明确的答复。于是当晚他就托茶房将信送给王华莲，恳请她再同自己谈一次。王华莲收到信后心里又好气又好笑，在气恼这位死缠烂打不放弃的老师的同时，又开始对他顽强的毅力感到一丝钦佩。但是眼看天色已晚，外出不便，她就决定第二天一早再去。谁料第二天一早下起了大雨，直到下午才放晴，她出门时看见沈从文已经在校门口焦急地等待着，可是积水阻断了进校的道路，于是两人只好决定傍晚再谈。

眼看连见一面王华莲都如此艰辛，沈从文更加慌乱了，一见到她，沈从文就说：“我想问你点事儿，但是说不出口，只好都写在了纸上，你拿去看看吧。”接过纸条的王华莲看到上面写着：

“我想问你一件事情，在过去，B.C.（张兆和代号）同你说过什么话没有？

她告诉你她同谁好过没有？

她告诉你或同你谈到关于谁爱她的事没有？

因为我信托你对于朋友的忠实，所以谁也不知道的事，我拿来同你谈及。

问你这事的理由是我爱她，并且因为这事，我要离开此地了。

因为我非常信托你，我想从你方面明白一点关于她的事情。我打量这事情只有你一人知道，不能尽其他人明白。

我因为爱她，恐怕在此还反而使她难过，也不愿使她负何等义务，故我已决定走了。不过我愿意知道她的意见再走。我并不迫她要她爱我，但我想她处置这事稍好一点，是告我一点她的意见。

因为我自己感觉到生活的无用可怜，不配爱这样完全的人，我要把我放在一种新生活上苦几年，若苦得有成绩，我或者可以使她爱我，若我更无用，则因为自卑缘故，也不至于再去追求这不可及的梦了。

因为爱她，我这半年来把生活全毁了，一件事不能作。我只打算走到远处去，一面是她可以安静读书，一面是我免得苦恼。我还想当真去打一仗死了，省得把纠葛永远不清。不过这近于小孩子的想象，现在是不会再去做的。现在我要等候两年，尽我的人事。我因为明白你是最可信托的朋友，所以这件事或先不知道，这时来知道也非常好。我已告诉B.C.，因为恐怕使她难过，不写信给她了。可是若果她能有机会把她意思弄明白一点，不要我爱她，就告诉我，要我爱她，也告诉我，使我好决定'在此'或'他去'。我想这事是应当如此处置好一点的。

胡先生是答应过我，若是只不过家庭方面的困难，他会为我出面解决一切的。事情由他来帮忙，难题很少也是自然的了。在我没有知道B.C.对我感想以前，我绝不要胡先生去帮忙，所以我先要你帮忙，使我知道一点B.C.对于这事的处置方法。"

王华莲要忠于朋友，却不能忠于对她的朋友生野心的人，而沈从文不明白这个道理，反而向她求谋，所以看完纸条的王华莲怀着深切的同情叹了一口气。

"你晓得不晓得这事？"

王华莲点点头。

"是不是 B.C. 告诉你的？"沈接着问

"不是，有一晚上我在她房里，茶房说 S. 先生给 B.C. 小姐信，我才知道。"

"你看了没有？"

"看了，我说要看，B.C. 就递给我了。"

"她看了怎么说？你们谈了什么？"

"当晚时间很迟，已经快熄灯了，来不及多谈。不过，我们遇着这种事，总要说几句事不干己的话，也就算了。因为遇见这类事件很多，照例的不去介意，所以也就没有多谈。"

"以后她也没有说什么？"

"以前我们都说 S. 先生是值得称赞的先生，自从发生了信，也许她怕我们嘲笑，也许是没有谈到 S. 先生的机会，所以不大谈。今年我们不同宿舍，课也不同上，她房里人和我房里人都不容得我们密谈，所以这半年来我们没有深谈的机会，大家碰头时只有普通的谈笑罢了。"

"那么她到底爱不爱我呢？"急坏了的沈从文终于问出了最想知道答案的问题。

"这个我不晓得，不过就我所晓得的，你若认真地问她，她会用小孩子的理智来回答你，'我不要'，因为问急了，她意识打不出来，也许就给你一个'要'或'不要'。讲到将来，将来总有些渺茫，也许是现在恨，而将来变为爱，也许是现在爱，而将来变为恨，那都是不可捉摸的，怎么能凭准呢？"眼见自己的老师如此痴心，王华莲实在不忍心将话说得直白，只得这样打圆场。

"我也晓得她现在不感到生活的痛苦，也许将来她会要我，我愿等她，等她老了，到卅岁。"

"光阴有限，得到那时大家都老了。"

眼见从王华莲口中问不出什么来，沈从文只得作罢，"那先这样吧，等到她有什么表示，就拜托你告诉我吧。"

是啊，光阴荏苒，难道只有一直等她到老吗？心存一丝希望的沈从文又陷入了茫然无措的境地。

而张兆和在日记中对自己听到王华莲转述后的感受是这样记录的：

"我到这世界上来快廿年了……我也不是个漠然无情的木石，这十年中，母亲的死，中学里良师的走，都曾使我落下大滴的眼泪过，强烈的欺凌，贫富阶级的不平，也曾使我胸中燃烧着愤怒的斗争之火，透出同情反抗的叹息过；在月夜，星晨，风朝，雨夕中，我也会随着境地的不同，心中感到悲凉，凄怆，烦恼……各种不同的情绪。但那也不过是感到罢了，却不曾因此做出一首动人的诗来，或暗示我做出一桩惊人的事来。可是我是一个庸庸的女孩，我不懂的什么叫爱——那诗人小说家在书中低回悱恻赞美着的爱！以我的一双肉眼，我在我环境中翻看着，偶然在父母，姊妹，朋友间，我感到了刹那间类似所谓爱的存在，但那只是刹那的，有如电光之一闪，爱的一现之后，又是雨暴风狂雷鸣霆布的愁惨可怖的世界了。"

可见，让沈从文寻死觅活的所谓的爱，张兆和觉得自己并不懂。一颗未被读懂的心，注定要在逐爱的过程中受挫流泪。

顽固地爱与不爱

"我曾做过可笑的努力，极力去和别的人要好，等到别人崇拜我，愿意做我的奴隶时我才明白，我不是一个首领，用不着别的女人用奴隶的心来服侍我，但我却愿意做奴隶，献上自己的心，给我爱的人。我说我很顽固地爱你，这种话到现在还不能用别的话来代替，就因为这是我的奴性。"

为求美人一笑，倔强的沈从文甘心做一个奴隶。纵然一个有情，一个无意，他依然用他的文字和一片诚心，唯唯诺诺，细心服侍着高傲的张兆和。

几次碰壁后，心灰意冷又打着小算盘的沈从文找到了校长胡适，提出了辞职的请求。胡适不解，追问其离开的原因，于是沈从文吞吞吐吐地说出了自己的情感挫折，表示自己深受其创，只好通过离开来忘掉兆和。果然，胡适哈哈大笑，拍拍胸脯表示此事包在自己身上，他亲自为两人做媒，并让沈从文先留下，等待自己的好消息。这正合了沈从文的心意。

可笑的是，还不等胡大媒人着手牵线，不胜其烦的张兆和同样来到了胡适家中。据兆和的日记，1930 年 7 月 8 日下午四时许，她走到一个僻静的小巷中，看到胡家的门虚掩着，里面谈笑声喧闹着，有客人在，女工通报后，胡适请兆和进门，但她说不想耽搁其他客人，希望胡先生能给一个单独谈话的机会，于是好不容易鼓起勇气的兆和只得先离开了，这下可把本就心里没底的她慌得够呛，只得傻傻地在胡家门口附近逛来逛去。一直到傍晚她再次进门时，胡适已经笑着在客厅等她了。

见她有些拘谨，迟迟不敢开口，胡适便先同她闲聊了些关于学业、生活的琐事，直到她渐渐镇定下来，胡适才进入正题："密斯张，有什么话你就放心跟我说吧，我一定尽力帮忙。"

于是张兆和红着脸拿出了身上的一堆来自沈从文的信件，交给胡适过目。

"这种事本不该麻烦您的，可是我实在不知怎么办才好，所以还是硬着头皮来请您指教。我总觉得作为一个老师，做这事不太合适。"张兆和说完这些，满心以为胡校长会站在自己这边，并劝沈从文收手。

"呃，沈从文是个小说天才啊，他年纪轻，成就不小，很有前途啊，你怎么不喜欢他呢？"胡适开始了自己的月老表演，满怀信心地诉说着自己的一番媒妁之言。

没想到校长非但没有一口答应帮自己解围，反而开口替沈从文说起了好话，张兆和顿时泄了气。

"这我也知道，我也觉得沈老师挺好的，为人平和，待学生又好，可是……我总觉得，作为一个老师，这样不好……"

"这个嘛，现在都提倡恋爱自由，在学校更是如此，所以老师和学生也不是隔着跨不过去的坎，况且你们年龄差的也不多嘛。"

"那么……依先生的看法，我该怎么办呢？"

"我嘛，劝你嫁给他。不用怕你家长不同意，这个交给我来办，我亲自去你家里消除他们的疑虑，沈从文名气这么大，相信你家里人肯定不会不满意的。"胡适依旧信心满满，直接谈起了结婚大事。

这下可着实把本就不再抱什么希望的张兆和吓了一大跳，她急忙辩解："不是不是，不是家里反对，而是……是我对沈老师没有多么大的感情，而且这样的人太多了，如果一一去应付，简直没有读书的机会了，所以……"

本来觉得势在必行的胡适开始感到任务似乎变得有些艰巨，于是叹了口气道："唉，沈从文是个好苗子，是一个天才，我以为人人都要帮助他，使他能够全身心投入到事业中，更好地发展下去呢。"

"可是帮助他也不能让我用不真实的爱去欺骗他呀，感情不是可以委曲求全的，违心的接受迟早会害了我们的。"张兆和依旧不为所动。

"既然你暂时对他没有感情，那么做朋友总是可以的吧，可以先相互了解了解，日后再做打算。"

"做朋友倒是无妨，但是沈先生名气这么大，又是我的老师，如今学校已经传得沸沸扬扬，做朋友怕是会一直被误会下去。"

"但是我知道沈从文他顽固地爱着你！"见兆和不买账，情急之下胡校长开始有些蛮不讲理，说出了这么一句。

"但我顽固地不爱他！"张兆和更加决绝，毫不犹豫地便顶了回去。

这下胡适沉默了，他觉得要么是眼前的人没有琢磨透沈从文，要么就是自己没有琢磨透眼前的人，于是他不再啰唆："唉，那好吧，既然你意已决，我也不好勉强，那你给他回一封信说明你的态度吧，语气尽量婉转一些，免得他经受不起。我也去劝劝他，让他早些死心。另外，你们碰到这种事能找到我，相信我，我很高兴，我绝对会替你们保密的。"

见校长说得有理，又如此善解人意，张兆和稍稍放心地答应了，道完谢后，她终于放心地离开了胡家，这场谈话就在这爱与不爱中结束了。

之后，胡适写信给沈从文说"这个女子不能了解你，更不能了解你的爱，你错用情了……我那天说过，爱情不过是人生的一件事（说爱是人生唯一的事，乃是妄人之言），我们要经得起成功，更要经得起失败，你千万要挣扎，不要让一个小女子夸口说她曾碎了沈从文的心……此人太年轻，生活经验太少……故能拒人自喜。"说沈从文追求女生是个新手，从这封信看来胡适在这方面更是个菜鸟。女生的几句话就让他打退堂鼓，胡适自己也曾说过，做学问要在不疑处生疑，做人要在有疑处不疑。有如此哲学悟性的人多半是看透了人生的，可在爱情面前，胡适的哲学思维也消失得无影无踪。胡适啊胡适，你差点就中断了这段美好的姻缘、后世的佳话。

幸亏执着的小伙子并没有因为胡适的信而放弃追求张兆和，这也是上天在冥冥之中成全这段佳话吧！沈从文接着做的，只是更加顽强地续写着那一封封的情书，这是一场始终没有回答的问候，它已经成了沈从文生命中的一部分深深地烙印在了骨髓之中。而对于张兆和来说，这却只是生命中一件无足轻重的小事，甚至连小事都算不上。就如同饮一杯无味的酒，听一曲无调的琴，吟一首无韵的诗。美丽却苍白，仿佛天涯咫尺，一伸手，却是咫尺天涯。纵使是一场漫无目的的旅行，也有窗外的春风秋月，夏云冬雪，相伴而眠。唯独单恋是注定苦痛的纠缠，一种巨大的孤独感，无时无刻地不在缠绕着沈从文，他也曾经想过去倾诉，但是没有人能够听懂他的悲哀。

在又一次确定了兆和的态度后，疲惫不堪的沈从文连续写了两封信表示自己会放弃，不再纠缠不休。

我希望一些未来的日子带我到另一个方向上去，太阳下发生的事，风或可以吹散。因爱你，我并不打算我的生活，在这些上面学点经验，我活着能在将来做一个比较强硬一点的人也未可知。

每次见到你，我心上就发生一种哀愁，在感觉上总不免有全部生命奉献而无所取偿的奴性自觉，人格完全失去，自尊也消失无余。明明白白从此中得到是一种痛苦，却也极珍视这痛苦来源，我所谓"顽固"，也就是这无法解脱的宿命的粘连。一个病人在窗边见到日光与虹，想保留它而不可能，却在窗上刻画一些记号，这愚笨而又可怜的行为，若能体会得出，则一个在你面前的人，写不出一封措辞恰当的信也是自然的道理。我留到这里，在我眼中如虹如日的你，使我无从禁止自己倾心是当然的。我害怕我的不能节制的唠叨，以及别人的蜚语，会损害你的心境和平，所以我的离开这里，也仍然是我爱你，极力求这爱成为善意的设计。若果你觉得我这话是真实，我离开这里虽是痛苦，也要学到去快乐了。

你不要向我抱歉，也不必有所负疚，因为若果你觉得这是要你道歉的事，我爱你而你不爱我，影响到一切，那恐怕在你死去或我死去以前，你这道歉的一笔债是永远记在账上的。在人事上别的可以博爱，而爱情上自私或许可以存在。

……

至于你，我希望你不为这些空事扰乱自己读书的向上计划，我愿意你好好的读书，被人爱实在是麻烦，有时我也感觉到，因为那随了爱而来的真是一串吓人头昏的字眼同事情，可是若果被爱的理由，不仅是一点青春动人的丰姿，却是品德智力一切的超越与完美，依我打算，却不会因怕被更多人的倾心，就把自己位置在一个平庸流俗人中生活，不去求至高完美的。我愿意你存一点不大安分的妄想去读书，使这时看不起你的人也爱敬你，若果要我做先生，我是只能说这个话的。我是明知道把一切使人敬重的机会完全失去以后，譬如爱你，到明知道你嫁给别人以后，还将为一点无所依据的妄想，按到我自己所能尽的力量到社会里去爬，想爬得比一切人都高的。解释人生，这点比较恰当。

读了信后，连一向态度坚决的张兆和也感到了一丝悲凉的意味，并把沈从文告诉自己的一些做人和向上的道理珍重地抄了下来。她在日记中写道：

庞杂繁乱的人生中，无处不显出它的矛盾冲突，如果没有了这许多矛盾冲突，任人生如何庞杂，如何繁乱，各人在自己的轨道中，或与自己有关系的人中，走着他和平合拍的道路，世界虽大，便永远是安静的，没有出轨的事情发生了。……从文是一个有热血心肠的人，他呈了全副的心去爱一个女子，这女子知道他是好人，知道他爱得热诚，知道他在失恋后将会怎样的苦闷，知道……她实在是比什么人都知道得清楚，但是她不爱他，是谁个安排了这样不近情理的事，叫人人看了摇头？实在她心目中也并没有个理想的人物，恋爱也真奇怪，活像一副机关，碰巧一下子碰上机关，你就被关在恋爱的圈笼里面，你没有碰在机关上，便走进去也会走出来的。就是单只恋爱一件事上，这世界上也不知布了几多机网，年轻的人们随时有落网之虞；不过这个落网却被人认为幸福的就是，不幸的却是进去了又出来的人。我要寄语退出网外的人，世界上这样的网罗正多着，你拣着你欢喜的碰上去就行，终不能这样凑巧，个个都凑不上机关。

从未有过恋爱经历的张兆和竟也开始琢磨起了爱情的滋味和苦楚，感叹起爱情带给两个人的矛盾了。但虽然有所震动，她的决定还是没有改变。

此刻，所有的路都断绝了，仿佛伏羲断天梯，与那心中的人永隔着七彩的银河。漫天情书又不管用，校长的路走不通，只能为沈从文爱情之花浇一盆凉水，这似乎注定是一场孤独的马拉松。但万幸的是，行伍出身的边城少年还有胸中的一腔勇气，同样来自湘楚大地的屈原，早在两千多年前就有敢于向神灵示爱的勇气，此刻的沈从文，也向着心中的神祇发出了自己爱的宣言，无悔而执着的爱，连神也会感动，爱情面前，永远不要做个逃兵，一往无前，终会有所收获。因为，谁都不会知道铁盒中下一颗糖果是什么味道。

爱在漫天飞鸿间

在最心爱的女孩面前，连神都会觉得自己卑微到尘土。更何况那时的张兆和系出名门，笑靥如花，凭借着自己的温婉与柔媚，虽如空谷幽兰，却吸引了无数的裙下之臣。而沈从文，这个从湘西边城而来的"泥腿子"就是其中之一。尽管他已经是享誉一时的文坛新贵，尽管他笔下有万水千山，胸中有柔情无限，却依然不敢触碰那光环笼罩下的意中人。

从湘西边城而来的沈从文，不懂得女孩儿的心也不懂恋爱中的弯弯绕绕。他有的只是一颗爱她的心。尽管，沈从文可能不如很多人，但对张兆和的真心却无与伦比。没有玫瑰，没有贵重的礼物，有的只是一腔情真意切。沈从文追张兆和，有的只是如狂风暴雨般袭来的一封封情书，这是他最为致命的武器——抒情写意的文字。通过感受情书的原文，或许我们可以更好地理解沈从文的真心。

我还要说，你那个奴隶，为了他自己，为了别人起见，也努力想脱离羁绊过。当然这事做不到，因为不是一件容易的事。为了使你感到窘迫，使你觉得负疚，我以为很不好。我曾做过可笑的努力，极力去和别的人要好，等到别人崇拜我，愿意做我的奴隶时我才明白，我不是一个首领，用不着别的女人用奴隶的心来服侍我，但我却愿意做奴隶，献上自己的心，给我爱的人。我说我很顽固地爱你，这种话到现在还不能用别的话来代替，就因为这是我的奴性。

孤傲是一个文人灵魂的特质，可在爱情面前，这种特质显得是那么的可有可无，微不足道。一个文坛大家，居然写出这样"卑躬屈膝""奴性谄媚"的文字，足见沈从文对张兆和爱之深。

当我是一个比较愚蠢还并不讨厌的人，让我有一种机会，说出一些有奴性的卑微的话，这点是你容易办到的。你莫想，每一次我说到"我爱你"时你就觉得受窘，你也不说"我偏不爱你"，作为抗拒别人对你的倾心。

你是我的月亮。你能听一个并不十分聪明的人，用各样声音、各样言语，向你说出各样的感想，而这感想却因为你的存在，如一个光明，照耀到我的生活里而起的，你不觉得这也是生活里一件有趣味的事吗？

在沈从文此刻的笔下，张兆和是唯一的描写对象，也是能让妙笔生花的全部动力。沈从文在此刻只想把自己全部的心里话说给张兆和听，想让她明白自己到底有多爱她，多么想和她在一起。在信中，沈从文毫不掩饰地将自己放在奴隶的位置，他近乎卑微地爱着张兆和，把她当作顶礼膜拜的女神。

三三，莫生我的气，许我在梦里，用嘴吻你的脚。我的自卑，是觉得如一个奴隶蹲下用嘴接近你的脚，也近于十分亵渎了你的美丽。

很难想象这些肉麻到不行的文字居然是《边城》的作者、文坛翘楚沈从文写出来的，原来情到深处真的可以为了自己所爱的人放下一切的自尊，放下自己作为一个文人"灵魂的高贵"，把自己降到如此卑微的一种地步。当然，即便是卑微到尘土，沈从文依然有着自己的骄傲，他曾经为张兆和写过这样一句话：

我行过许多地方的桥，看过许多次数的云，喝过许多种类的酒，却只爱过一个最当正好年龄的人。

诗人的气质在此刻尽展无疑，沈从文也曾狂放过，也曾潇洒过，但是在张兆和的面前，他不知道如何去表现自己豪勇的一面。只能空吟：

爱情使男人变成了傻子的同时也变成了奴隶。不过有幸碰到让你甘心做奴隶的女人，你也就不枉来这人间走一遭。做奴隶算什么，就是做牛做马，被五马分尸，大卸八块，你也应该是能豁出去的。

三三，我希望这个信不是窘你的信。我把你当成我的神，敬重你，同时也要在一些方便上，诉说到即或是真神也很糊涂的心情，你高兴，你注意听一下，不高兴，不要那么注意吧。天下原有许多稀奇事情，……都缺少能力解释到它，也不能用任何方法说明，譬如想到一个所爱的人的时候，血就流得快了许多，全身就发热作寒；听到旁人提到这人的名字，就似乎又十分害怕，又十分快乐。究竟为什么原因，任何书上提到的都说不清楚，然而任何书上也总时常提到。'爱解作一种病的名称，是一个法国心理学家的发明，那病的现象，大致就是上述所及的。

诗人的爱，苍白的爱，无力的爱。是将一切化为火焰，燃烧一切，毁灭一切，终归于虚无的爱。但是，在燃烧的那一刻，夜空是那样的明亮，火焰是如此的撩人。将自己的心也添进去，把火烧得更旺吧。将自己的才思也添进去，把火烧得更旺吧。连灵魂也添进去，把火烧得更旺吧。将自己的一切都烧毁，换一场华丽而绚烂的爱情。

你不会像帝皇，一个月亮可不是这样的，一个月亮不拘听到任何人赞美，不拘这赞美如何不得体，如何不恰当，它不拒绝这些从心中涌出的呐喊，你是我的月亮，你能听一个并不十分聪明的人，用各样声音，各样言语，向你说出各样的感想，而这感想却因为你的存在，如一个光明，照耀到我的生活里而起的。

失恋后的沈从文又将此事告诉了徐志摩，徐志摩劝他："这件事不能得到结果，你只看你自己，受不了苦恼时，走了也好。"于是，沈从文听取了他的意见，收拾好行装，准备离开上海。

但是去往何处呢？就在沈从文担忧起前途时，胡适和徐志摩伸出了援手。他们同时写信给时任武汉大学文学院院长的陈源，推荐沈从文前去任教。因沈从文曾与陈源同在《现代评论》社工作，所以陈源一口答应了。当时学院中的教授们大多是考据家，对白话文接受度不高，加上其他人都认为沈从文只是一个小小的作家，而不具备专业的文学素养，不足以担任大学教师，但陈源力排众议，聘请了沈从文到武汉大学文学院任教。

经过一番犹豫，沈从文于1930年9月到达了珞珈山。从此，师生二人天各一方。

沈从文在武大开的课和以往差不多，仍是新文学和写作，但职称却只是助教。虽然有了经验，但重登讲台的他还是一如既往的紧张。当年在武大的朱东润在自传中曾记载："值得记载的还有一位沈从文，青年作家，那时大约二十四五岁，小兵出身，但在写作上有些成就，武大请他担任写作教师。在写作技巧上，他是有锻炼的，但是上课的情况非常特别。第一天上课时，涨红了脸，话也说不出，只有在黑板上写上'请待我十分钟'。学生知道他是一位作家，也就照办了。十分钟时间过去了，可是沈从文还没有心定，因此又写'请再待五分钟'。五分钟过去了，沈从文开讲了，但是始终对着黑板说话，为学校教师开了前所未有的先例。"

在珞珈山的那段日子，对沈从文来说是一段相当不愉快的经历。他在写给胡适的一封信中说："在此承通伯（陈源的字）先生待得极好，在校无事做，常到叔华家看画，自己则日往旧书店买字帖玩。唯心情极坏，许多不长进处依然保留，故恨觉自苦。若学校许可教半年解约，则明春来上海或不再返，因一切心上纠纷，常常使理智失去清明，带了病态的任性，总觉得一切皆不合适。"并多次表示他希望离开。

而此时，天各一方的两人的心理正发生着微妙的变化。虽然起初对沈从文接连不断的情书嗤之以鼻，但久而久之，兆和也逐渐被这些优美的文字打动。她从头到尾读完了每一封信，感受了每一个字，不禁为那些发自肺腑的文字所诱惑，然后将它们默默地藏进了一个小箱子。每当心情忧郁，她便拿出尘封的书信品读，不知不觉中，她似乎对这些真挚告白产生了依赖，从毅然地拒绝，到渐渐接受并喜欢，爱的种子，在少女的心中渐渐发芽。

但是我总不能忘怀那件事，他爱我爱得太深切了。他仍然没有放松他的想头，不过知道不成后在表面上舍弃罢了。唉，这一场孽债，哪里是他的前因，将生怎样的后果，何日才得偿清！不管它吧，让我把他此次的信抄写几节下来。

……

自己到如此地步，还处处为人着想，我虽不觉得他可爱，但这一片心肠总是可怜可敬的了。

得知了张兆和的沉默与动摇，大大地鼓励了原本心如死灰、行将放弃的沈从文，他又在异地开始了新一轮的狂轰滥炸。

"一个女子在诗人的诗中，永远不会老去，但诗人他自己却老去了。"我想到这些，我十分忧郁了。生命都是太薄脆的一种东西，并不比一株花更经得住年月风雨，用对自然倾心的眼，反观人生，使我不能不觉得热情的可珍，而看重人与人凑巧的藤葛。

走在珞珈山下，不如意的日子让沈从文更加怀念起过去可以看见张兆和的日子，心中那个温柔的倩影不但没有随着距离的拉长而模糊，反而愈发的清晰。

1931 年，应杨振生之邀，沈从文离开武大，前往青岛大学任教。当时任青岛大学校长的杨振生效仿蔡元培的治学理念，提倡兼容并包，思想自由，加上又是胡适的学生，所以接受沈从文也是理所当然了。1930 年国立青岛大学筹备成立时，杨振声便已经力邀沈从文前去任教，甚至还为他准备从上海到青岛的路费，沈从文也一口答应了。不料由于中原大战，青岛大学无法开课，沈从文只得应陈西滢之聘前往武大。一年多后，漂泊了多地的沈从文终于在青岛大学开启了新的人生。

在青岛任教时，沈从文住在福山路的一座教职员宿舍楼内，由于当地气候潮湿，他给自己的处所取名"窄而霉斋"。虽然如此，但新宿舍毕竟比他以前在北京住的要豪华得多，他也曾感慨："海边既那么宽广无涯无际，我对于人生远景凝目的机会便多了些……海放大了我的感情和希望，且放大了我的人格。"因此，一到海边，沈从文就觉得身心舒适，神清气爽，精神好了不少。

当时沈从文仍担任讲师，主讲小说史和散文写作。有了上海和武汉两个阶段的铺垫，这回他终于不在课上出那么大的洋相了，讲起课来已经井井有条，游刃有余，深受学生的好评。而他自己尽心尽力，对同学的疑问总是一丝不苟地解答。他讲课没有讲义，全是即兴漫谈，想到什么说什么。他课上反复强调的一点就是：要贴着人物写。布置作文时，他从不给命题，学生爱写什么就写什么，想怎么写就怎么写，而自己对批改作文却是一丝不苟，写的批语常常比原文还长。

除了授课水平见长，在青岛任教期间也是沈从文写作能力提高的重要阶段。他先后写了几十篇中短篇小说和不少散文，行文构思往往异常迅速，令人咋舌。文章的题材也从叙述自身经历转向社会问题的分析、人生的思考，拓展新的天地。《八骏图》《来客》等小说均为此时期的作品，而沈从文最为著名的《边城》《长河》等也是在青岛构思的。

我现在，并且也没有什么痛苦了，我很安静，我似乎为爱你而活着的，故只想怎么样好好的来生活。假使当真时间一晃就是十年，你那时或者还是眼前一样，或者已做了某某大学的一个教授，或者自己不再是小孩子，倒已成了许多小孩子的母亲，我们见到时，那真是有意思的事。

……

我念到自己所写的"萑苇是易折的，磐石是难动的"时候，我很悲哀。易折的萑苇，一生中，每当一次风吹过时，皆低下头去，然而风过后，便又重新立起了。只有你使他永远折服，永远不再做立起的希望。

为了眼前人，沈从文已做了"永远不再立起的"的打算，"默默离开"的承诺早抛在了脑后。

情丝万缕，无人能懂，柔肠寸断，唯有一心知。聪慧如沈从文，如何不明白"相思本是无凭语，莫向花笺费泪行"的道理呢。可是除了红笺小字，还有什么能够书写自己的愁苦，沈从文就像一位虔诚的雕刻家，将自己的思念揉碎，用爱调和，把无尽的眷恋化为锋利的刻刀，一点一点地打磨心中完美的塑像，只为你，永恒的爱。

曲中自有良人助

　　青岛的海风吹拂着少年的心，捎着一封封裹挟寸寸柔肠的情书，铺满了通往苏州的路。

　　张兆和在日记中写：

　　我给他信上说："一个有伟大前程的人，是不值得为一个不明白爱的蒙昧女子牺牲什么的。"他却说："我并不是要人明白我为谁牺牲了什么的。……我现在还并不缺少一种愚蠢想象，以为我将把自己来牺牲在爱你上面，永久单方面的倾心，还是很值得的。只要是爱你，应当牺牲的我总不辞，若是我发现我死去也是爱你，我用不着劝驾就死去了。或者你现在对我这点只能感到男子的愚蠢可悯，但你到另一时，爱了谁，你就明白你也需要男子的蠢处，而且自己也不免去做那'不值得牺牲'的牺牲了。'日子'使你长成，'书本'使你聪敏，我想'自然'不会独吝惜这对你这一点人生神秘启示的机会。"

　　读了这几节，这接信者不由得衷心地感到一种悲凉意味。她惊异到自己有如许的魔力，影响一个男子到这步田地，她不免微微地感到一点满足的快意，但同时又恨自己既有陷人于不幸的魔力，而无力量去解救人家，她是太软弱了！她现在也难过得要哭。

> 胡先生说恋爱是人生中的一件事，说恋爱是人生中唯一的事乃妄人之言；我却以为恋爱虽非人生唯一的事，却是人生唯一重要的一件事，它能影响到人生其他的事，甚而至于整个人生，所以便有人说这是人生唯一的事。
>
> 这回，我在这件恋爱事件上窥得到一点我以前所未知道的人生。

由此可知，从来只寄信而不见回音的沈从文此时也收到了张兆和的回信，而兆和也正处在激烈的纠葛中，犹豫不决，开始思考自己是否也正被恋爱所纠缠。

1932 年的暑假，沈从文做了两个重要的决定。

一是花三个星期写了一本《从文自传》，讲述自己 1902 年至 1922 年进入都市前的人生经历，即在湘西的生活。这部作品出版后曾被周作人和老舍认为是"一九三四年我爱读的书"，同时它也是沈从文自我认识、自我反思的重要部分。

二就是去苏州看望日思夜想的张兆和，希望能得到一个肯定的答复。

苏州九如巷张家，精心打扮了一番的沈从文敲下了门。

"您哪位？找谁？"佣人开门，看见一位戴着眼镜、面色苍白的年轻人，觉得来者面生，便警觉地问。

"我叫沈从文，特地从青岛过来拜访三小姐。"沈从文有些紧张，操着湘西口音小声回答。

"三小姐不在家，吃完午饭就上图书馆去了。"

沈从文神色一变，以为是张兆和故意躲着自己，又不好开口再问，于是窘在原地，走也不是，进也不是，急得直挠头。

正当他怏怏地准备转身离开时，张兆和的二姐张允和出来了。她对沈从文给妹妹写情书写得如痴如醉的事早已有所耳闻，当听到门外的年轻人便是沈从文后，急忙出来邀他进门坐坐。

但不知所措的沈从文赶忙拒绝了，红着脸说："既然三小姐不在，那我就先走了。"

这样羞涩腼腆的表现却给二姐留下了不错的印象，她有意要帮这个年轻人一把，但又不好强留，只好让沈从文留下了地址，说让兆和改日上门拜访。

沈从文结结巴巴地说完地址，便匆匆地道谢离开了。

兆和回到家后，二姐便将沈从文前来的事告诉她："明知道他要来，你还出门，这不是给人家难堪吗？难道你是害羞不敢见他？"她笑着打趣道。

"才不是！谁知道他这个时候来，我本来就要出去的！"早已脸红的张兆和显然底气不足地狡辩着。

"行了行了，我还不了解你。刚才没见到也就算了，你等会亲自到酒店去看看他。"张允和忍住笑说。

"我不去！要我自己去饭店看他？这像什么话！"兆和连忙拒绝。

"那怎么行，人家大老远过来看你，你好歹也得回个礼啊，不然哪说得过去？"

拗不过二姐，张兆和只得假装不情愿地答应了："那么我见了他，该怎样开口呢？"

"你就说，家里兄弟姐妹多，很好玩，请你来玩玩！"

而此时，又一次碰壁的沈从文正躺在床上生闷气。坐了近三十个钟头的车，千里迢迢从青岛过来看她，别说结果，竟然连面都没见着，也无怪他生气。他又一次怀疑起了自己是不是在做无谓的挣扎，兆和明明在回信中说过"你的信我收到了，你想来就来吧"，而现在却又躲着自己，这不是戏弄人吗？

就在他胡思乱想，无处发泄愤怒时，门外传来了敲门声。

他不耐烦地开了门，却看见站着的竟是张兆和。

久别的重逢就这样意外地发生在了眼前，惊喜的沈从文久久开不了口，两人就这样傻愣愣地相对站着，心中各自起了波澜。

"那个，沈先生，我家兄弟姐妹多，很好玩，请你来玩玩！"张兆和此时也成了沈从文，紧张得不得了，只好将二姐交代的话一字不差地背了出来，然后便低下头再也不知说什么好。

喜出望外的沈从文用力点了点头，没想到脑海中无数次上演的一幕竟然来得这么突然，先前的苦闷早就不见了影踪。他满心欢喜地跟着兆和又来到了张家。

到了张家，张兆和让五个弟弟出来陪着沈从文，于是沈从文开始发挥自己除了写作以外的第二个本事，给孩子们讲起故事来。孩子们全被沈从文引人入胜的故事牢牢吸引住了，迟迟不放他离开，五弟寰和还拿出自己的零花钱给这位有趣的大哥哥买了瓶汽水，让沈从文大为感动，并许诺日后要专门为他写故事。后来他果然写了以佛经故事为题材的小说《月下小景》，其中的每篇结尾都有"给张家小五"字样。

不过区区一瓶汽水，竟让沈从文如此感动，并在时隔多年后仍记得当初的承诺。因为那时的沈从文打心底里是自卑的，出身边远小城的他从小就没什么自信。

就像钱锺书在那篇有名的《猫》中所影射的："他在本乡落草做过土匪，后来又吃粮当兵，其作品给读者野蛮的印象；他现在名满天下，总忘不掉小时候没好好进过学校，还觉得那些'正途出身'者不甚瞧得起自己"。这正准确地揭示出沈从文在外打拼时的心理。

直到后来在西南联大教书的时候，清华外文系出身的查良铮（即穆旦）还说："沈从文这样的人到联大来教书，就是杨振声这样没有眼光的人引荐的。"对沈从文的资历提出了直接的怀疑。

而国学名家刘文典更是公开地对沈从文表示轻蔑，据说有一次会议上讨论到关于沈从文晋升教授职称的事宜，他勃然大怒，拍案而起说："陈寅恪才是真正的教授，他该拿四百块钱，我该拿四十块钱，朱自清该拿四块钱。可我不给沈从文四毛钱！"另外还有一次跑警报，沈从文碰巧从刘文典身边擦肩而过，刘面露不悦之色，对同行的学生说："我刘某人是替庄子跑警报，他替谁跑？"

这些还都是发生在沈从文成名之后。出名了尚且如此，出名前的沈从文的处境和"口碑"也就可想而知了。那时，沈从文刚从湘西来到北京，向北京各大杂志和报纸的副刊投稿，当时《晨报副镌》的编辑在一次聚会上，将他投寄该刊的十数篇文章连成一个长条，摊开当众奚落说："这是某大作家的作品！"随后把文章揉成一团，扔进了纸篓。

行伍出身的沈从文曾受过"科班出身"的知识分子的诸多冷落，因此也就不难想象，当他拜访门第高华的张家时，是怀着怎样一种忐忑不安的心情，也不难明白为什么会为一瓶不值钱的汽水所打动。

临走前，沈从文拿出了带给张兆和的礼物：一大包书籍。

为了这次苏州之行，沈从文可是颇费了一些心思的。他专门托巴金替自己买了一些书，其中有两部精装的英译版俄国小说，包括全套英文版《契诃夫短篇小说集》，以及托尔斯泰、陀思妥耶夫斯基、屠格涅夫等人的作品集。另外还买了一对精致书夹，上面饰有一对长嘴鸟，十分精美。

看到这么贵重的礼物，张兆和又是惊喜又是疑惑，问："您怎么买着这些贵重的东西？"

"我知道你喜欢文学，于是途经上海时托巴金给我买的，我觉得你一定会喜欢。"

"我很喜欢，可是一定很贵吧？"

"不，还行……我托巴金帮忙，卖掉了一部短篇小说集的版权，当时便拿到了稿费，所以买下了这些东西。"沈从文不好意思地答道。

张兆和感动不已，她小心地抚摸着每一本书，然后只留下了《猎人笔记》和《父与子》，其余的都退还了。当然，也留下了那份情意。

张兆和温柔的态度融化了沈从文的心，他深受鼓舞，感觉自己离成功着实又近了一步，便壮着胆子问："你今后有什么打算呢？"

"我得再到北平念几年书，再做打算吧。"兆和不好意思地说。

看到张兆和不好意思细说，沈从文也就不再追问，都努力了这么久，当然也不在乎再等一年。于是他心情畅快地回到了青岛。

青岛的海水，滋润了沈从文的创作之花；青岛的海风，吹开了沈从文的爱情之花。当我们把"凤凰""边城"与沈从文联系起来的时候，千万不要忘记，还有一座美丽的岛城，曾经是沈从文的精神高地。

回去后，略微有些得意的沈从文丝毫没有减弱自己的攻势，他一面继续写信给兆和，并常常寄一些小礼物给她，一面又写信给张允和，托她帮忙。二姐允和生性宽和厚道，不忍看沈从文一次次地被拒绝，想成人之美。沈从文看出了这一点，便好好地利用。他十分信赖允和，托她询问父亲对于此事的意见。

于是允和便替他探了探父亲的口风。没想到开明的张父一口答应，说："你们的婚事你们自己决定，你们觉得可以就可以，我不干涉。"何况张家一直以来便是书香门第，张父对于靠写作出名的沈从文自然先有了几分好感，所以更是由不干涉转向了支持。

从张允和口中得知了张父的意思后，沈从文按捺不住心中的欣喜之情，立即写信给张兆和说："如果爸爸同意，就早点让我知道，让我这个乡下人喝杯甜酒吧。"

看到父亲和妹妹都已经同意，张允和很是高兴，第一时间就打算给沈从文发电报。当时的电报都用文言而非白话，而且按字数计费，因此打什么内容费了她一番心思。最后，她灵光一闪，只发了一个"允"字过去，然后就得意扬扬地离开了电报局。电报员看到这个古怪的电报却什么都没问就收下了。

二姐回家将电报的事告诉了妹妹："事情我已经办完了，就一个

'允'字，一语双关，既表示允了他的求爱，又表示电报是我发的。"兆和却对这样精简的电报很不放心，又亲自去了一趟，另发了一封电文："乡下人喝杯甜酒吧。"没想到这下电报员竟不答应了，非怀疑这是什么密码，要张兆和解释清楚。兆和红着脸说："你别问了，照发就是了！"说了半天，电报才终于发了出去。据考证，这居然是中国的第一封白话文电报。这是沈从文用几年的苦恋和几百封情书换来的，甜蜜中带着苦涩。

此后不久，沈从文便同张兆和一起来到上海，拜访当时暂居上海的张父。张吉友与沈从文十分投缘，两人似乎有聊不完的话，本就对沈从文印象不错的张父这下对这个坦诚忠厚的年轻人彻底放心了。见了家长后，沈从文终于松了一口气。

紧跟了几年步伐，被伤了无数次的心，一次次冷漠的回答，都没能阻挡住沈从文求爱的执着脚步和飞舞的漫天情书。在这些情书的"狂轰滥炸"之下，在一颗坚韧而执着的心的感召之下，张兆和慢慢地抛下了对沈从文的偏见，曾经的那句"我顽固地不爱他"也早已烟消云散，这个在沈从文心中奉为"女神"的女子，终于低下了她高昂的头颅。此刻，她的心已被他优美真挚的信所折服，融化其中久久回味而不能自拔，这个来自边城凤凰的少年，最终俘获芳心，赢得美人归，同时也留下了一段为后人津津乐道的佳话。

这场漫长的爱情长跑，终于到达了终点。

乡下人啊，该喝杯甜酒了。

才子佳人结连理

　　幸福毫无预兆地来临，总让人如此讶异，曾经顽固的拒绝，在漫长的求爱旅程后戛然而止。那种一厢情愿的苦楚，刹那间无影无踪；那种温柔的幻影，转瞬而成为现实。

　　收到电报后，这个受了太多委屈的乡下人热泪盈眶，再多的酸楚与失望，此刻都显得那么微不足道。

　　见完张父不久，沈张二人便订了婚，漫长跋涉后的柳暗花明，让沈从文陶醉在无法自拔的喜悦中。

　　随后，为陪伴沈从文，张兆和只身来到青岛，在青岛大学图书馆工作。从此，福山路三号"窄而霉斋"里常常出现张兆和的身影，常常传出两人的欢声笑语，沈从文从此再也不用一个人孤独地徘徊在海边，思念那远方的人了。

　　另外值得一提的是，当时和张兆和一起在图书馆共事编中文书目的，还有后来成为中国"第一夫人"的江青。那时她名叫李云鹤，不过十七岁。

　　江青到青岛大学要比沈从文早一些："1931 年春，我到了青岛。我的同乡又是旧老师赵太侔，一度曾是济南省实验剧院院长，现在出任青岛大学教务长兼文学系教授。通过这些关系，他安排我进入青岛大学。"对于此前的生活，江青毫不讳言地承认她自己，文化水平低，衣服穿得破旧，一度被人瞧不起。但这个从乡下走出来的女孩子，有着远大的理想和顽强的毅力。她喜欢演戏，喜欢抛头露面，不满足于仅仅当一个每月只有区区三十元工资的图书管理员（当时青岛大学图书馆馆长梁实秋的月薪是四百元），所以工作之余，李云鹤就到处旁听，希望能在文学上有所成就。她喜欢写诗，又喜欢写剧本，曾向戏剧家赵炳欧教授请教，学着写了一个剧本《谁之罪》，这便是她的处女作。当然最让她感到骄傲的是小说，1972 年她向美国学者维特克回忆时曾自豪地说："我的小说全班第一。"而教她小说课的，便是沈从文。当时沈从文对学生极其负责，授课也极其认真，同辈作家巴金等人都对沈从文"文章不厌百回改"的精神印象极为深刻。江青有一定的文采，因此沈从文对她比较赏识，因此要她每周写一篇文章，必给她仔仔细细地修改，一处一处地解释。沈从文的这种教法，对提高写作能力有相当的实际效用，在唯一而短暂的大学生涯中，江青能遇到沈从文，受知受教，可谓得益终身。

沈从文离开青岛后一年，江青开始公开发表作品，《催命符》《拜金丈夫》《为自由而战牺牲》等小说、散文、评论频频见于报刊。沈从文对于江青走上文学的道路抱有很大的期望。出身于蛮荒湘西且自学成才的沈从文，对于后辈无私奖掖全力扶持的一片赤诚，曾经让来自诸城乡下的国立青岛大学中文系旁听生江青十分感动。为了表达这种感激，江青甚至主动提出要给沈从文织一件毛衣。四十年后，江青也曾对《红都女皇》的作者维特克说，自己最喜欢的老师是沈从文。

1949 年后，沈从文和江青的命运走向两个极端。沈从文被定性为"一直是有意识地作为反动派而活动着"，是"粉红色的作家"，正在湖北双溪下放劳动，养鸡、种菜。"文革"初起，有人知道沈从文是江青的老师，就劝他给江青写信，改变一下处境，被沈从文毫不犹豫地回绝了。

1973 年，江青特意安排沈从文到人民大会堂看演出，沈从文却"不知趣"地坐在角落里。于是，这段应该颇具戏剧性的师生见面，就这么没了下文。当时像章伯钧这些高层人士，都知道沈江的师生关系，可沈从文却从来不提。在他的著作和谈话中，也看不到江青这个名字。

张沈两人相爱后，张兆和曾问沈从文："为什么有好多很好看的女人你不麻烦，却老是缠着我？我又不是什么美人，为人老实不中用，实在很平凡。"沈从文回道："美是不固定无界限的，凡事凡物对一个人能够激起情绪，引起惊讶，感到舒服就是美。我认识许多女子，但能征服我、统治我，只有你有这种魔力和能力。"

1933 年，沈从文辞去青岛大学职务，来到北平，加入了以杨振声为首的华北中小学生教材编写和基本读物确定小组。

在青岛大学任教期间，沈从文月薪一百元，在当时来说已算不少，按理来说供他和九妹两人花费已经绰绰有余，但沈从文完全不会理财，也不懂节约，一拿到工资便很快花得精光，九妹岳萌则整天待在家中，既不上学，也不工作，因此两人的日子过得捉襟见肘。由于经济拮据，刚到北平时沈从文和张兆和暂住在杨振声家里。

一到北京，两人就着手准备婚礼。知道沈从文有难处，张家便给了兆和两千块钱，并准备起了嫁妆。但生性执拗的沈从文却死活不肯，他特意写信给岳父，说自己会办好婚礼，不用家里拿出一分钱。张吉友看了信后非常高兴，十分佩服这个有志气的女婿。结果兆和唯一的嫁妆就是当年父亲送给自己的一本王羲之的《宋拓集王圣教序》。

可是，志气归志气，当时穷困潦倒的沈从文实在无法在短时间内凑够婚礼前后的花销，正愁得直跺脚，张兆和就拿出一只戒指，让沈从文拿去先当些银两，沈从文也不推脱，真就上了当铺。有一天，杨家司务在拿沈从文的裤子去洗时发现了口袋里的当票，便拿去交给了杨振声。

巴金先生家中至今保存着一份结婚请柬，请柬正面印着："民国

二十二年九月九日二弟从文、三女兆和于北平本宅结婚恭治菲酌敬请
阖第光临。沈岳林、张冀友敬启"，请柬背面印有红色勾边的双喜美
术字样。信封与请柬用的是同一款式的布纹纸，纸上有疏细的花纹，
以端正的小楷写着"上海四马路开明书店，索非先生转交巴金先生"，
信封中央收件人姓名外有长形细框，与北平府右街达子营三十九号的
落款同为套红印刷。北平的邮戳为民国二十二年八月廿四日，上海收
到为廿七日。

9月9日（农历七月初二），在北平中央公园，当时名动天下的
沈从文和大家闺秀张兆和举行了他们简单浪漫的婚礼。

据张充和回忆："当时没有仪式，没有主婚人、证婚人。"婚礼
上，张兆和身穿浅豆沙色普通绸旗袍，沈从文穿的则是蓝毛葛的夹袍，
是大姐张元和特意为二人缝制的。两人的新房也没什么家具陈设，徒
有四壁和一册王羲之的《宋拓集王圣教序》字帖，两张床上各有一锦缎，
是梁思成和林徽因送的，微微显出一点婚礼的喜庆。

关于婚礼，沈从文表侄黄永玉也曾在其名作《太阳下的风景》中
曾经提到："几十年来，他（指沈从文——笔者注）从未主动上馆子
吃过一顿饭，没有这个习惯。当他得意地提到有限的几次宴会时——
徐志摩、陆小曼结婚时算一次，郁达夫请他吃过一次什么饭算一次，
另一次是他自己结婚。我没有听过这方面再多的回忆。"可见事实上
简简单单的婚礼在沈从文自己看来，却已经是颇为隆重的了。而《沈
从文年谱》则记载："1933年9月9日，沈从文与张兆和在北平的中
央公园水榭举行婚礼。请客约六十人，客人大都是北方几个大学和文
艺界的朋友。"然而，到底哪些学界文坛友人恭逢盛会，却未见进一
步的具体记载。

另外，在婚礼上，有一位新文学大家为新婚夫妇写了一副贺联，且
记在了自己的日记中，那就是周作人。他于1933年9月8日的日记云：
"上午写联云：试游新奇境，相随阿丽思。因明日沈从文君结婚也。"

同年 11 月 1 日，杭州《艺风》月刊第一卷第十一期又刊出他署名知堂的补白《沈从文君结婚联》：国历重阳日，沈从文君在北平结婚，拟送一喜联而做不出，二姓典故亦记不起什么，只想到沈君曾写一部阿丽思漫游中国记，遂以打油体作二句云："倾取真奇境，会同爱丽思。"文中提到的"沈君曾写一部阿丽思漫游中国记"是指沈从文的两卷本长篇小说《阿丽思中国游记》。

两人的新房坐落西城达子营的一个小院里，这四间平房也是杨振声帮忙购置的。为了布置婚房，两人忙得不可开交，从东城跑到西城，从天桥跑到前门，张充和和沈岳萌也上紧了发条，围着新房团团转。

在新居中，有一棵枣树和一棵槐树，于是沈从文给它取名"一枣一槐庐"，也就在这里，沈从文开始了他一生最为辉煌的创作，也开始了他梦寐以求的新婚生活。

春暖花间交颈鸟，秋高月下并蒂莲。历经漫长的征程，一代文学大师终于抱得了美人归，一个边城的乡下人，一个水乡的大家闺秀，就这样被命运圈住，互许终身。然而究竟是真爱俘获了美人的芳心，还是情书情话魅惑了少女的灵魂；是深思熟虑的此生无憾，还是一时冲动的芳心暗许，只能待时间与现实来检验。

第 三 卷

琴瑟和鸣意缠绵

昨日少女今日妇

1933 年 9 月 9 日，沈从文和张兆和在北平的中央公园水榭喜结连理，当然也就是这一天，昨日的如花少女张兆和开始向今日的沈夫人蜕变，也开始了两个人日后数十年的风雨夫妻路。

正如二姐允和曾经说过的那样"三妹与沈先生同甘共苦，经历了重压和磨难，为此三妹的性格都有了许多改变，很少有人相信她原来是那样的顽皮活泼。然而，无论岁月如何沉浮更迭，唯一不变的还是两个人真挚的爱，无论她是昨日活泼靓丽的三三，还是今日温柔大方的沈夫人。

人们常说，婚姻是爱情的坟墓，就在于很多人无法承受心中的女神蜕变为一个普通的凡人，沈从文对于张兆和的爱早已经卑微到尘土，当少女变为少妇，女神就在枕边，这份爱是否会随着时间而变质，一切的一切对于这对新婚夫妇来说，都是未知数。正如同当代作家李敖在千辛万苦将自己的"女神"胡茵梦娶回家后，却嫌弃她便秘，并且以这个可笑的理由提出了离婚。少女到少妇是一个女孩子最大的转变，从父母手上的明珠，恋人心中的女神，蜕变为一个平凡的只属于一个人的妻子。"以我之姓，冠汝之名"。或许并不像文字中那样美好。尤其两人似乎并不门当户对，一个是出身小镇的乡下小子，一个是风华绝代的名门闺秀。

然而，出乎所有人的意料，张兆和竟然完美地完成了这种身份的转变。王建有诗曰"三日入厨下，洗手做羹汤。"名门出身的张兆和在女红和家务上展现了惊人的才思。虽然日子几近贫寒，倔强的沈从文又拒绝了岳父张吉友的资助，但是凭着微薄的收入，两个人的生活到也安逸。每日，沈从文在院里的老槐树下摆一张八腿红木小方桌，桌旁瓶花不绝，而能备风晴雨露，精妙入神。而就在这捧花前，沈从文一叠白纸一支笔，开始了小说《边城》的创作。《边城》可以说是沈从文笔下最瑰丽的篇章，这与他当时幸福的新婚生活是分不开的。如同普希金与他那美丽的妻子，沈从文每一篇文字的第一个欣赏者都是张兆和。而每一次，张兆和都会哭得像个泪人，没有人比他更了解沈从文，没有人比她更了解那个世界，因为她就是那个世界中唯一的主角，边城世界中爱与美的化身——小翠。用你的笑容写整个世界，或者说对于此时的沈从文来讲，张兆和就是他的世界。北平的阳光透过密密的槐树叶洒在花上、纸上、脸上，也洒在两人的心里。时渐入夏，仿佛连槐树的树荫也无法阻挡阳光的照射，张兆和就仿照古法制作活花屏，每屏一扇，用两枝打给四五寸长的木梢做成矮条凳的样式，中间中空，横着连四个宽一尺左右的撑，四个角上面凿上圆眼，插竹编方眼，高约六七尺，把扁豆种在沙盆中，在把沙盆放到屏中，扁豆成熟后，恍如绿荫满窗，遮风蔽日，因此叫它活花屏。类似的精巧匠思，遍布在这个小小家中的每一个角落。优雅是一种气质，更是一种行动，当然，它也是一种生活态度，对美的执着追求，不是像张兆和这样蕙质兰心的女孩子绝不可能做到。抓住一个男人的胃，就能抓住一个男人的心。而考验一个女孩子能不能成为一个合格妻子的首要条件往往是厨艺，张兆和的双手仿佛是上天赐给她的礼物，不仅能写诗作文，更是烧得一手好菜。因为条件的限制，即便是一般的食材，经过张兆和的双手也能够变成珍馐美味。哪怕是普通的萝卜和虾子在张兆和的手上也能让人吃得停不下筷子。沈从文的处境并不很好是大家都知道的，往往有好友买齐了食材，只为了来品尝一下沈夫人的厨艺，巴金、朱光潜、李健吾、卞之琳、萧乾等耳熟能详的文人更是沈家的常客。当然其中也有一些贫寒的学生，沈从文夫妇来者不拒，对于这些学生都给予了自己最大能力的帮助。沈从文能够成为日后的文坛泰斗，与他尽力提携后进是分不开的。但凡有上进的学生，读书人来借钱，他们都会尽量地周济，有时甚至从朋友处借钱也要借给他们。有一次，张充和和弟弟张宗和约好到沈从文家集合一起去看戏，当时恰好有人来借钱，沈从文便对张充和说"戏莫看了，把钱借我，我收到稿费后便还给你们。"身处富贵中，能周济他人已属不易，况且在自己也是如此贫苦的条件下能够做到这些，已经足以当得起善人的称呼了。而张兆和对于沈从文的这种行为不仅不反对，还很支持，沈从文从贫贱中起家，饮水思源，倒不觉得奇怪，张兆和出身豪门，而能有如此悲悯的菩萨心肠，实属难得。一枣一槐庐的沈府能够成为当时北平极具盛名的文学沙龙，一方面是沈从文的才华拥有着强大的吸引力，另一方面就要归功于贤良淑德的沈夫人了。当然，两个人独处的时候，生活也格外的宁静，读沈从文的作品是张兆和每天都要做的事情，也是最快乐的时光，一个作家最开心的时候就是自己的作品能够被别人欣赏，而张兆和正是能够了解沈从文的人。文章知己千秋愿，患难夫妻数十年。沈从文何其幸也，得此良妻，夫复何求。

沈从文和张兆和的文化背景完全不同。一个是湘西小镇走出来的少年，扛过枪，看惯了蛮荒之中的打打杀杀，一个是出身于名门的大家闺秀，演昆曲，接受新知识，新文化。一个历经实践磨难，拼尽了全力，跌跌滚滚才能有今天，一个从小顺风顺水，受尽了家人呵护，旁人赞美。两个完全不同的人，在一起，终究是有一个人要让步的，而让步的，不是曾经爱得卑微到尘土的沈从文，却是这位大家闺秀张兆和。面对截然不同的生活习惯，张兆和一直在努力地适应沈从文，并努力地让他过得更舒适。张兆和完全地展现出了中国传统女性的温婉与现代女性的开通。对待沈从文和他的家人朋友，她谦和克己，并且博得了沈家人和沈从文朋友的一致称赞。这对于一位名门闺秀是难能可贵的。

人们形容自己有一位好妻子，经常说"上得厅堂，入得厨房。"张兆和作为一个完美的妻子，不仅表现在日常的生活上，更在于她对于沈从文事业与文学上的帮助。新婚不久，沈从文就担任了《大公报》文艺副刊的主编，以独木支广厦，虽然收入多了起来，但是工作的压力也越来越大。张兆和在平常的家务之后，往往还要一字一句地誊写沈从文的文稿。同时，张兆和表现出了对于文字的高度敏感以及美学天赋，在对文稿的判断上与沈从文这位文学大家高度相像，也由此，她往往还要帮助沈从文审稿，改稿。新婚之后的日子，沈从文接手《大公报》文艺副刊，开始长篇小说《边城》的创作，可以说这是沈从文文学事业的最高峰，这也与张兆和的全力支持分不开。

可以说，作为沈夫人的张兆和是几近于完美的，那么与此相对的沈从文，在面对昔日的女神、今天的枕边人，又有着怎样的变化呢。新婚宴尔，沈从文对于张兆和的爱不减反增，当得起琴瑟和谐，只羡鸳鸯不羡仙。婚前，沈从文曾经对张兆和说过，要为她写一部小说。在结婚之后，这项承诺就紧锣密鼓地提上了沈从文的日程。时任《大公报》文艺副刊主编的沈从文工作是非常忙碌的，但即便如此，他还是将自己对张兆和的爱都灌注到了自己的作品《边城》中，字字血泪字字爱，这也是他文学事业的最高峰。可以说《边城》的创作是沈从文对于妻子张兆和的爱的回应，也是两个人爱的写照。他将所有的美丽都送给了这个以自己妻子为原型的人物，成为《边城》世界中最能表现人性美、表达人间大爱的元素。沈从文追求张兆和的方法是文字，在婚后，维系两个人之间感情的重要媒介也是文字，在生活中，沈从文的每一份稿件，都会要张兆和第一个阅读，并且给予评价，只要张兆和提出不妥，不论是否和自己要表达的意思发生冲突，沈从文都会按照妻子的说法改正。《边城》最初的写作目的，只是沈从文在简单地写自己的世界，那个完全属于他的世界，完成他婚前要为张兆和写一本小说的承诺，但没有想到，却用它征服了整个世界。

两个人的婚后生活，是大家津津乐道的美事，两个人的结合也是亲朋好友眼中最幸福的事情。一个女人的生活是否幸福，很大程度上取决于自己的丈夫。民间也有"女怕嫁错郎，男怕入错行"的说法。不过，现在看来，张兆和所嫁的确是良人，而沈从文的事业也开始绽放出夺目的光彩。昨日的少女，今日的少妇。在婚后生活中，张兆和能够迅速成熟起来，并成为一个优秀的妻子，与她从小接受的教育是分不开的。名门淑媛，并不像我们所想象的那样不通事物，虽然十指不沾阳春水，但是对于一个合格的妻子所应该掌握的东西，她们都掌握得更精致，更雅趣。迥异于乡间田里的烟火气，这是一种烙印在血脉中的优雅。张兆和女士的音容笑貌虽然只能通过文字或视频来窥探。但是小妹张充和我们今日还能够见到，虽然已经百岁高龄，但是风采笑貌仍然能够轻易地打动人的心弦。有人说，中国没有优雅至死、美丽到老的女子。但张充和则足以当此称誉。见微而知著，张兆和的优雅与美丽可以想见。最优秀的教育，造就最优秀的妻子。张家四姐妹都嫁给了当时中国最优秀的一批文人，并且婚后生活都和谐幸福，想来不是偶然，而是必然。

中国传统女性的温婉与新时代知识女性的开通，在张兆和身上实现了完美的统一。同时，一个优秀的妻子形象，与昔日的上进、积极的少女形象也在此刻完美重叠。沈从文对于妻子是极其满意的，面对家人朋友时对于张兆和一向不吝夸赞："端庄秀雅，恰如其人。"这已经是对于一位新婚妻子的最高评价了。

喜欢是放肆，而爱是克制。度过了两个人相恋的放肆，文字上建立的爱情，要开始经受时间的考验。文字，是这个新婚家庭的第三位成员。文字，是两个人安身立命的物质保障，文字是两个人相识相知的媒人，文字见证了张兆和从少女变成少妇，文字，是两个人之间最美的歌。沈从文的所有梦想，在他娶张兆和的时候都实现了。友情，爱情，事业都获得了前所未有的大丰收。而张兆和也获得了自己的爱情，从活泼少女到温婉夫人。张兆和付出的远远比想象的要多。张兆和的文采才华在当时的女子中算得上是首屈一指的，今天我们也能够看到张兆和的一些作品例如《费家的二小》，文思灵动，郁然有彩。但是，在结婚之后，张兆和就很少进行文学创作了。更多的是进行阅稿、誊写文稿这样的活动。为了丈夫沈从文，将自己的文学天赋小心地收藏，全力支持他的文学创作，这种坚韧与执着，放眼世界，也只有传统的中国女性才拥有，为了丈夫放弃自己，在这一刻，沈从文付出的所有爱都已经获得了回报，从少女到少妇，张兆和的爱变得更加深沉。而张兆和在时间的洗礼与磨砺下也变得越来越成熟，并绽放出只有岁月冲刷过才能拥有的夺目光彩。

新婚的日子，是沈从文生命中最美丽的时刻，虽然有风雨也有波折，但是并不能阻挡那简单的幸福，一盘小菜，一缕阳光，三五友人，靠着院中的大槐树，品茗聊天。这样的生活安静而祥和。但这样的日子并不长久，未来的荆棘随着战火超出了所有人的想象。如果可以，就这样平平淡淡地走完一生，也算得上人间幸事了。可是，世事不如意者十之八九，这段感情注定要经历更多的波折。当然，也正是如此，张兆和在诡谲的世事中快速地成长着，努力地配合着沈从文的脚步，做一个安静的妻子，静静地望着沈从文的身影，笑看风云变幻。正如张兆和晚年对沈从文所说的"我们的精力一面要节省，一面要对新中国尽量贡献，应一扫以前的习惯，切实从内里面做起，不在表面上讲求，吃的东西无所谓好坏，穿的用的无所谓讲究不讲究，能够活下去已是造化。我们应该怎样来使用这生命而不使它归于无用才好。我希望我们能从这方面努力。一个写作的人，精神在那些琐碎外表的事情上浪费了实在可惜。"话虽然简单而朴素，但却字字珠玑，从豪门淑媛到今日安贫乐道的沈夫人，究竟这岁月给了她多少磨难，才能打磨得如此通透而莹润。昨日少女今日妇，五十五年夫妻缘。

离别八日话相思

　　正如夏日的暴雨说来就来，平静而幸福的日子也总是容易被突如其来的变故而打乱。刚刚结婚四个月的沈从文，接到家中的急信：老母病危，速回。虽然与新婚妻子正如胶似漆，但是家书如火，容不得丝毫耽误。简单地收拾了些行李，带着张兆和的照片，以及无尽的思念，沈从文踏上了回乡的旅程，当然在临走前，他们约定每天都写一两封信，遥寄相思。

　　这段旅程的每一天都是在思念与担心中度过，沈从文的作品，小说上成就最高的无疑是《边城》，而在散文上，则当属《湘行散记》。巧合的是，这两部著作，都与他的爱妻张兆和息息相关。前者，是以他的爱妻为原型，以他的家乡为背景，创作的一部送给妻子的小说。而后者则是这次他回乡路上的所见所闻，形诸文字，送给他家中等待的妻子张兆和的书信结集而成。

　　然而，张兆和送给沈从文的文字，丝毫不比沈从文的差，甚至可以说高处尤过之。当年答复沈从文的电报只有短短的一句话"乡下人，喝杯甜酒吧"言简而意赅，不仅应答了沈从文的求婚，而且还带着少女的羞涩与俏皮，这样的文字，活泼而灵动，也正如樊国斌先生在张兆和的作品《与二哥书》的序中所说的"现代文学史上，张兆和是一位被深深遮蔽掉的作家。她一生浅吟低唱，使得她像天空缄默的飞鸟与原野缄默的百合。她温润而贵重性灵，以及光华内敛的文字，被阻挡在现代文学那一群巨无霸身影的背面，特别是被阻挡在沈从文高大身影的背面——这几乎乃一切才女所命中注定的。"而在沈从文回家的这一段时间中，不用再审稿、抄稿，张兆和所有的才华与情思都牵连在沈从文的身上，一个月的书信往来，是张兆和诗心与才思的集中体现。

　　"长沙的风是不是也会这么不怜悯的吼，把我二哥的身子吹成一片冰，为这风，我很发愁。"情侣之间最真挚的情感，就是"但愿君心似吾心，定不负，相思意。"北平起风了，张兆和的心也被这风吹得凉凉的，她心中不是在意自己的寒暖，她在意的是沈从文的身体。沈从文离家的第二天，张兆和就梦到了他。"你一天不回来，我就一天不放心。一个月不回来，一个月中每朝醒来时，总免不了要心跳。还怪人担心吗，想想看，多远的路程，多久的隔离啊。"湘西偏远，寇匪横生。沈从文虽是军旅出身，但做妻子的，哪有不担心的呢。"乍醒时，天才蒙蒙亮，猛然想着你，猛然想着你，心便跳跃不止。我什么都能放心，就只不放心路上不平静，就只担心这个。因为你说的那条道不容易走。我变得有些老太婆迁气了，自打你决定回湘后，就总是不安，这不安在你走后似更甚。"

　　李清照，古今伤心人也！她与张兆和又是如此的相似，同是夫妻新婚别离，同是才华盖世，心比天高。张兆和用自己的才情与思念，谱写着属于自己的声声慢。"三四个月来，我从不这个时候起来，从不梳头，不洗脸，就拿起笔来写信的。只是一个人躺倒床上，想到那为火车载着愈走愈远的一个，在暗淡的灯光下，红色毛毯中露出一个白白的脸，为了那张仿佛很近实在又极远的白脸，一时无法把捉的到，心里空虚得很！因此，每一丝声息，每一个墙外夜行人的步履声音，敲打在心上都发生了绝大的返响，又沉闷，又空洞。因此，我就起来了。我计算着，今晚到汉口，明天到长沙，自明天起，我应该加倍担心着，一直到得到你平安到家的消息为止。听你们说起这条路之难行，不下于难于上青天的蜀道，有时想起来又悔不应敦促你上路了。倘若当真途中遇到什么困难，吃多少苦，受好些罪，那罪过，二哥，全由我来承担吧。但只想想，你一到家，一家人为你兴奋着，暮年的病母能为你开怀一笑，古老城池的沉静空气也一定为你活泼起来，这么样，即或往返受二十六个日子的辛苦，也仍然是值得的。再说，再说这边的两只眼睛，一颗心，在如何一种焦急与期待中把白日同黑夜送走，忽然有一天，有那么一天，一个瘦小的身子挨进门来，那种欢喜，唉，那种欢喜，你叫我怎么说呢？总之，一切都是废话，让两边的人耐心等待着，让时间把那个值得庆祝的日子带来吧。"而且，张兆和在写信时的一个小细节，更是表明了她是多么的在乎沈从文。"路那么长，写一个信也要十天半个月再到，写信时同收信时的情形早就不同了。比如说，你接到这封信的时候，一定早到家了，也许正同哥哥弟弟在屋下晒太阳，也许正陪妈坐在房里，多半是陪着妈。房里有一盆红红的炭火，且照例老人家的炉火边正煨着一罐桂圆红枣，发出温甜的香味。你同妈说着白话，说东说西，有时还伸手摸摸妈衣服是不是穿的太薄。忽然，你三弟走进房来，送给你这个信。接到信，无疑的，你会快乐，但拆开信一看，愁呀冷呀的那么一大套，不是全然同你们的调子不谐和了吗。"由此看见，女孩子家的心终究是灵巧的，洞彻人心，连写信都要考虑沈从文接到信时候的情景。而通过她对情景如此温馨的想象，也足以知道她美丽的柔软的心灵。

而沈从文的相思之情比之张兆和更是一点也不逊色。"三三，乖上点，放心，我一切好！我一个人在船上，看什么都想到你。"沈从文最清楚张兆和关心的是自己的安危，所以说自己一切都好，然而真的一切都好吗，长沙的天气是恶劣惯了的，不出门在外，不知道什么是报喜不报忧，沈从文将沿路的风霜独自咽下，却将一路上最美的风景留在笔下，寄到她的心上。张兆和将自己的心系在沈从文的身上，想他走过的路，看过的风景。而沈从文写信说"你实在应该到这里来看看，你看这一次，所得的也许比我还多，就因为你梦里也不会想到的光景，一到这船上，便无不朗然入目了。"

张兆和在沈从文离去后，将自己的才思全部注入了通信中，而沈从文也停下了写小说的笔。"倘若写文章得选择一个地方，我如今所在的地方实在是太好了一点的。不过我离得你那么远，文章如何写得下去，我不能写文章就写信。我这么打算，我一定做到。我每天可以写四张，若写四张事情还说不完，我再写。这只手既然离开了你，也只有那么来折磨它了。"

张兆和梦见了沈从文，凌晨醒来，点起灯儿，伏在案边，一个字一个字地写信给沈从文。沈从文仿佛也心有灵犀。"梦里来赶我吧，我的船是黄的，船主的名字叫童松柏，桃源县人。沿了我所画的堤一直向西走，沿河的船虽是万万千千，我的船你自然会认识的。很多人写作是为了自己，甚至一些大作家都会刻意留下自己的隐秘空间，例如俄国的托尔斯泰，在他晚年的时候因为妻子偷看他的日记，而选择离家出走，最后死在外面，这是一个作家对于心灵私密的最后坚守。但是，沈从文的笔调则完全不同，因为他的世界就是三三，因为他的爱早已卑微到尘土，每一个卑微到尘土的、狂热的诗人，都在用自己的笔描摹心中最美的她。沈从文渴望每时每刻都与自己的爱妻在一起。他将给张兆和的家书命名为"三三专利物"也是这个原因。执子之手，与子偕老。是这个世界上最美的承诺，而沈从文也向自己家中的爱妻发出了自己的爱情宣言"我想要你来使我的手更暖和一些。"少了命令，将自己放置在一个相对弱势的地位，用请求而真挚的情感，呼唤着自己的爱人。古曲民谣有句歌词"面对面的坐着呦，心里还想着你。"沈从文的心早已经被张兆和占满，眼中的一山一水都有着张兆和的影子，恰如面对面地坐着，教我如何不想你。"我先以为我是个受得了寂寞的人，现在方明白我们自从在一处后，我就变成一个不能离开你的人了。"

船到辰州，沈从文特意带了张兆和的照片一起上岸，来到这个他的人生的转折点。在这里，沈从文结束了轻狂的近乎荒唐的少年军旅生涯，开始了进入文坛的第一步。这座城市在沈从文的心中是有着极其特别的意义的。离开这里的时候，他身无分文，回到这里的时候，他已经是文坛领袖、《大公报》文艺副刊的主编了，作为文化人，沈从文此次回乡倒也算是衣锦荣归了。他想和他的三三一起好好地看看这座城市，没有这里，他可能一辈子会留在湘西，做一个小书记员，默默无闻。更不会结识自己的妻子张兆和。当然也不会有诸多好友与现今的事业，爱情，友情。一别十年，现在距离家乡只有短短的两百余里，终于功成名就，他渴望妻子能够与他分享这一刻的喜悦。可是，他却只能拿着张兆和的照片。倘若别人问起爱妻，也只能回答一句，"在口袋里。""三三，我现在方知道分离可不是年轻人的好玩意儿。当时我们弄错了，其实要来便得全来，要不来就全不来。"

当年，正值新婚的沈从文夫妇因为多方面的原因，未能共同返乡，然而当上帝关上了一扇门的同时，也会留下一道窗，两地相思，情牵一线，漫漫数千里旅途，沈从文和张兆和用心和笔留下了无数美丽的诗篇。走在回乡的路上，沈从文看着曾经熟悉的山山水水，还有几分不敢相信。回想起自己当年在这里的每一个日日夜夜，想到自己曾经因为一段单相思被骗了1000元，想到自己当初所求的不过是一份四块钱的办事员的职位，而今，妻子是豪门淑媛，自己又算得上文坛大家。不禁感慨万分。"万想不到的是，今天我又居然到了这条河里，这样的小船上，来回想温习一切的过去！更想不到的是我今天却在这样小船上，想着远远的一个温和美丽的脸儿，且这个黑脸的人儿，在另一处又如何悬念着我！我的命运真太可玩味了！""爱我，因为只有你使我能够快乐！"

　　这世上没有两片完全一样的叶子，也没有两片完全不一样的叶子。可却有这样一种人，既不同样也不异样，这样的人，是值得守候一生、相伴一生的。对于沈从文来讲，张兆和就是那个人，那个茫茫人海中闪烁的身影，那个让自己卑微到尘土的女孩。

　　23日，沈从文终于回到了故乡凤凰。家里人问他，北平好吗？沈从文只会痴痴傻傻地说："三三很好，所以北平很好。"古人常说情的重大体现就是移情，情可以转移，爱屋及乌，爱一个人就爱她的全部，爱她的天真，就要学会忍受她的无理取闹，爱她的执着，就要学会忍受她的倔强，爱她的高贵优雅，就要学会忍受她的冷漠与高傲。沈从文爱张兆和，卑微到尘土，因为爱她，所以爱她住过的地方，看过的风景，品过的酒，听过的曲，走过的桥。现在，沈从文就走在故乡的小路上，他想着张兆和也会和自己的心情一样，爱上这片美丽的土地，爱上这人间净土。

　　思念和被人思念着都是一种幸福，而这两种幸福同时酝酿于一对情侣之间，就是这个世上最美的歌。还记得屠格涅夫的《阿霞》中有这样一句话："我喜欢一个人跑到很远的地方去祷告。去做些艰苦的事情。可是，日子过去了，生命溜走了，我们做了些什么呢？"或许沈从文也曾像《阿霞》中的主人公一样，发出这样的问话"倘使我同你只是小鸟，我们会怎样的高飞，怎样的高翔，我们会怎样地湮没在这一片蓝空里？"而张兆和这样答道："您活下去，就会懂得，有一些感情会使我们从大地上升起来飞翔的。"

　　坐在故乡的土地上，看着天上的星和月，想着前些日子北平的星与月，沈从文是多么希望此刻张兆和能够陪伴在他的身边啊。"昨夜星辰昨夜风，画楼西畔桂堂东，身无彩凤双飞翼，心有灵犀一点通。"此刻，千万里之外，张兆和望着天上的星与月，计算着丈夫的归期，盼着，能够见到他，见到他。不过，沈从文并没有在凤凰逗留很久。因为沈从文与丁玲等人相交甚密，并且在政治立场上并不站在国民党一边，所以引起了家乡当局的高度重视，湖南形势吃紧，四天后，沈从文被迫踏上了返回北平的旅程，一个月后，沈母病逝。这为沈从文和张兆和的生活添上了一抹悲戚的色彩。时间依旧流去，生活依然要过，通过这段离别，沈从文和张兆和的心连得更紧了。"乐莫乐兮新相知，悲莫悲兮生别离。"不分离，不会知道自己在对方的心中占据多大的位置。其实直到结婚的时候，沈从文还是不敢相信自己真的和自己的女神张兆和在一起了，他不相信张兆和真的像他爱她一样地爱着自己。不过，这一个月，足以证明张兆和的爱，并不比沈从文少。祈祷天灾人祸分给我，只给你这香气。以后遇见风雪，为你留灯盏，不要挂念我，我们要一起白头。

龙朱一降情更浓

1934 年 11 月 20 日，沈从文的长子沈龙朱降世，为这个家庭增添了一份生气，为这个寒冬注入一份暖意。儿女是婚姻爱情的结晶。长子沈龙朱的诞生为这个家庭增添了太多的光彩与欢乐。

沈从文来自湘西边城，虽然是文学大家，但仍然免不了受到传统的重男轻女观念的束缚。对于妻子诞下麟儿，欣喜异常。在孩子降生的当天，就欣喜地向自己的亲戚朋友发去了消息，无论远近。路远的写信也好，发电报也好，一个不落。譬如，在对胡适的信中，沈从文是这样说的"母子均平安无恙，足释系念。小母亲一切满不在乎，当天尚能各处走动。家中一个老用人，兆和小时即为她照料长大，现在听说兆和又得生小孩了，因此特从合肥赶来，预备又照料小姐的少爷。见小孩落了地，一切平安，特别高兴，悄悄要大司务买了朱红，且说得送红蛋。"从这封信中，我们可以看得出来，即便麟儿降世，但是沈从文还是很在乎自己的妻子的，首先说的是母子均安，而且又说了，张兆和的状态很好，到最后才提到自己新出生的儿子。离得远的朋友尚要致信通知，近处的朋友更是不必说，龙朱降世的这些天里，沈府的客人络绎不绝，从未断过，险些挤坏了这小小的一枣一槐庐。

沈从文的儿子，恰到好处地吸收了父亲和母亲的优点，小小的可爱脸蛋上，柔嫩得仿佛能掐出水来，好像在说着，我注定要成为一个博学多才的美男子。来的人也都说这孩子像张兆和，未来定是一个帅气的男人。沈从文看着眼前这个肉嘟嘟的孩子，更是打心眼里喜欢。抱着孩子，体会着那种血肉交融的感觉，沈从文暗暗决定，一定要给自己的妻子和儿子一个幸福的家，给他最好的教育，成为一个自己理想中的人物。

孩子出生了，亲朋好友来访不绝，聊天的时候一个被频繁提到的话题，就是该给孩子取个什么名字好。尤其是圈子里的文人们，对于争得孩子的起名权可是抢破了脑袋，连岳父张吉友，都打算为这个可爱的外孙起上一个心仪的名字。可是，所有人都失败了，孩子的父亲沈从文早就智珠在握，为儿子起好了名字。来自于沈从文的小说《龙朱》。《龙朱》这篇小说最初于1929年1月10日发表，同样也是描写湘西人民勤劳、勇敢、善良的品质。就像在《边城》中的小翠这个形象一样，沈从文把自己理想中的一个完美的男性所应该具备的特点都送给了这个叫作龙朱的主人公。龙朱出身高贵，是族长的儿子，他拥有如同太阳一样的美貌、耀眼、灿烂。他拥有如同狮子般强壮的身躯，威武、刚强。他拥有世界上最可贵的品质，他善良，乐于助人，部落中的每一个人都得到过他的帮助，他睿智，生而知之，好像世界上没有什么问题能够难倒他。他还拥有着少数民族所必不可少的技能，就是美丽的歌声，他的歌声能够让飞鸟驻留，让神灵落泪，让世界上最黑暗的人发现光明，能让世界上最不幸的人感受到快乐。他如同太阳一般，是那么耀眼，压抑了所有烛光，但却又如此的和煦而不令人讨厌。可惜，有一种人，天生具有强烈的超出了常人的嫉妒心，神巫就是这样的一个人，他妒忌龙朱的样貌，他妒忌龙朱的歌喉，他妒忌龙朱的一切。他是那么想把龙朱的鼻子用钢刀刺破，但是，心中仍有一丝善念尚存，所以，最终仍然被龙朱的美所感动。龙朱最擅长的还是唱歌，凡是有人在唱歌的地方，唱的都是龙朱的歌。龙朱不仅爱唱歌，唱的歌好听，写歌作曲更是一把好手，很多年轻人都来和龙朱学歌，龙朱也从不藏私，尽数传授，年轻男子前去求爱的时候，必然要先得龙朱的指点，然后才有机会用歌声把自己的妻子领回家。当然，龙朱自己更是用自己动听的歌声，赢得了花帕族公主的爱情。沈从文希望自己的长子能够像文中的龙朱一样，拥有超人的智慧，美貌，以及品质，将民族精神传承下去，实现自己不能完成的梦想。

　　沈从文自己的童年是在湘西边城度过的，而自己的孩子则将在书香门第成长，来往的都是文坛巨擘，耳濡目染的是盖世才情。沈从文常常以自己年少时没有机会读更多的书为遗憾，所以在对于孩子的教育方面特别重视，有道是盛世文章贵，乱世武人雄。军人出身的沈从文，在乱世之际，对于孩子的期望竟然是做一个文人，也由此可见沈从文的那份始终都圆不了的少年读书梦。沈从文诞下第一个孩子之际，正是他人生事业的一个高峰，但是沈从文也有属于自己的遗憾，那就是自己因为出身的原因，读书确实很少，甚至有一批人称呼他为"空虚的作家"，当然，我们来观察沈从文的作品，背景大多集中在湘西，故事所反映的也大多是湘西的风土人情，以及对于民族精神、品质的讴歌。沈从文拥有旷世的文学天赋，正如有一次，沈从文在一个立柱上看到一则寻人启事后，大为赞赏，将这则寻人启事录下来，发给自己的妻子张兆和时，他在信中说道："写寻人启事的这个人有大才，如果能多读些书，一定是个有名的作家。"沈从文本来有机会成为一名伟大至不朽的作家，可惜，造物弄人，给了他最好的天赋，却吝惜一点点的条件。而现在，沈从文的缺憾，将在儿子沈龙朱身上得到弥补，沈从文希望自己的儿子能够实现自己的理想，按照自己曾经梦想的人生轨迹来走上一遭，沈龙朱这个名字，也就是这个寓意，沈从文要自己的儿子成为自己心目中理想的男人。

　　一般来说，孩子诞生之后，是夫妻生活变得"柴米油盐酱醋茶"的开端。但是，在沈从文和张兆和看来，这个孩子反而成了两个人生活的调味剂。继承了张兆和外貌的沈龙朱，一双明亮的大眼睛一眨一眨的，很难有人不喜欢。两个人的生活在之前始终维持在于简单的一枣一槐庐中，写稿，看稿。时而有三五个好友上门拜访，谈些新鲜的事情，日子简单而平静。而沈龙朱的到来，则将日子变得完全不同。虽然他还不会说话，但是，夫妻两个人却有讲不完的话要对他说。听到开心的时候，沈龙朱就笑笑，而沈从文夫妻就陪着小龙朱笑笑。就连小龙朱哭的时候，也显得特别有趣。对于这个新的小生命降临到两个人的生活，沈从文和张兆和是感觉新奇而又惬意的，丝毫没有二人世界被打扰的感觉。

如果说之前的沈从文收获了爱情，友情，事业，那么现在的沈从文，还收获了一个优秀的儿子，一个可以将自己不能完成的理想全部实现的后代。对于儿子，沈从文倾注了太多的心血，但是，这并不妨碍沈从文依然深爱着他的夫人张兆和。爱是乘法，不是除法，更多的爱给更好的你，沈从文更加努力地去写作。张兆和对于两个人的儿子也是十分地喜爱，初为人母的她虽然没有带孩子的经验，但是在老婆婆的教导下，带起孩子来倒也是有模有样。相夫教子是中国传统女性温良淑德的必备技能，关于相夫，张兆和做得十分到位，在两个人结婚之后，沈从文的事业节节开花，她在沈从文亲友关系的处理上也十分到位，获得了大家的一致称赞。现在，新的考验又降临了，那就是教子。幸好沈从文和张兆和在教育儿子的事情上想法是十分接近的，两个人每天交流教育儿子的心得体会，倒也其乐融融。时间一天一天地过去，儿子一天一天地长大，沈从文和张兆和的生活也一天比一天幸福。简简单单，平平淡淡。

说来有趣，可能很少有人会相信在沈从文家里有着五种语言。沈从文自小从湘西长大，一口浓浓的湘地方言一直不改，也不愿意改，而张兆和则是地地道道的安徽人，在家里说安徽话，而长子沈龙朱出生于北平，说北平话，小儿子说的则是云南方言。而在这四种语言之外，沈从文和张兆和还发明了一种"黑话"。是专门为了防止孩子们偷听谈话时，两个人自己创造的，说些知心话的语言。当时条件有限，一家人挤在一个小屋子里，每当沈从文和张兆和想说些不想让孩子们知道的事情，就会用这种"黑话"来交流。

小时候的沈龙朱饭量极大，为此，沈从文不得不想方设法贴补家用。那么，沈龙朱的饭量到底大到什么程度呢，在沈从文给大哥沈云麓的信中曾经这样写道"我们这里一切都好，小龙朱精神尤好，终日大嚷大闹，天气极寒，惟彼依然想在屋外寒气中玩。小龙朱每早就必需吃一个大馒头，半磅牛奶，一个鸡子，两片饼干，有时且得饶几调羹稀饭，三片咸萝卜，总共拢来，数量也就大有可观了。中午他吃一大碗半稀不干的饭，下午啃一个大梨，晚上又是一大碗稀饭，真可说是一橡皮口袋，人小空心大。"这封信写于 1936 年 12 月 9 日，当时的沈龙朱还不过两岁多一点，由此可见这小家伙是多么能吃。但是沈从文是十分欢喜小家伙能吃的。不能吃，怎么能够算一个男人。

据沈龙朱回忆，小时候，沈从文十分看重的一种品质就是勇敢。并且时常夸耀自己的勇敢，希望自己的孩子们也能够拥有这种品德。而在沈从文的笔下，雄壮的湘西汉子们，一言不合就能动起刀子来，不管背景高低，身家多少，都有着这么一股子近乎蛮霸的勇气。沈从文经常会讲一些自己当年看杀人，夜里被绑在树上看围猎老虎的事情。当然有时候，连自己当初逃学的事情也要炫耀一番。沈从文在《从文自传》里对于自己的逃学有详细地描述，但他的逃学却不同于其他孩子的疯狂玩闹，沈从文从中认识了大千世界微妙的光，稀奇的色，以及万汇百物的动静。认识了本人以外的生活，他的智慧直接从生活上得来，心总得为一种新鲜声音，新鲜颜色，新鲜气味而跳。尽管沈从文将逃学生活描述得如此美好，并且当作夸耀自己勇敢的一种方式。但他的儿子却完全不吃这一套。相对于他尽力传授的勇敢，沈龙朱表示，自己从父亲身上吸收得更多的精神是乐观。2008 年 7 月 25 日，沈龙朱在"20世纪中国文学大师风采展"上做了题为"我所理解的沈从文"的演讲。演讲中有这样一段话"当时，社会环境恶劣，生活非常艰难，但父亲却引导我们，让我们的视线远离这些灾难，看一些美好的东西，让我们的心态一直处在阳光之中。父亲还引导我和弟弟看一些文学书籍。"当谈及父亲时，沈龙朱表示他（沈从文）一生为人谦逊，随和。虽然见过极其悲惨的景象，但生活态度永远乐观。沈从文一直希望灌输给儿子最重要的品质就是勇敢，但是儿子学会了勇敢地面对生活，将之称为乐观。乐观也是一种勇敢，是一种能够直面悲惨并永远积极向上的伟大品质。而沈从文教导儿子的有力武器——逃课，却并不被儿子喜欢。沈龙朱说"尽管那听起来很好玩，但是我和弟弟却从来不会想到要亲自去逃课，很奇怪，一次都没有。"

时光荏苒，今天的沈龙朱已经成为一名著名的工程师，当年的小孩也成为今天的国家栋梁。说起当年的选择，现在的沈龙朱还有些唏嘘。原来，沈龙朱的表哥便是现在名满天下的大画家黄永玉先生。在20世纪50年代初，黄永玉从香港回到北京，进中央美术学院当教授。而沈龙朱对于画画也很喜欢，在1953年，沈龙朱考大学前，还曾经到黄永玉家学习石膏画像，参加美术联考并通过，如果，当年的沈龙朱选择在美术的道路上走下去，今天已经是黄永玉先生的开山大弟子，在中国的绘画领域占有一席之地了。可是，当年响应国家的号召，沈龙朱毅然地放弃了自己的爱好，选择了理工。但时至今日，沈龙朱先生仍然很喜欢画画。尽管和黄永玉私交甚厚，而黄永玉先生对于沈从文先生和张兆和女士都由衷地敬佩，甚至，当年黄永玉还做主将张兆和女士的一段文字搬到了沈家祖坟（后来生性不喜张扬的张兆和坚决要求将这段碑文撤下），但是沈家竟然没有一幅黄永玉的作品。对此沈龙朱先生说，现在涉及黄永玉的画作都很值钱，不会刻意去搜集这些东西。

沈从文和张兆和的长子沈龙朱继承了父母乐观生活的精神、谦和淡然的品性，到如今，仍然为祖国的建设贡献着自己的力量。同时，沈龙朱也是沈从文和张兆和爱情的结晶，见证了两个人一生的风风雨雨，全程参与了《沈从文家事》的编撰，为我们今天能够更直观地了解沈从文和张兆和的故事提供了更多的资料。龙朱一降情更浓，喜得爱子的沈从文和张兆和在感情的路上将会越走越远，越走越坚定。

第 四 卷

国仇家难几时休

碧池更添新莲子

　　"头发极黑，手脚极白，额门宽而高，声音壮大，只是食量太大。"

　　1937 年 5 月 5 日虎雏出生，沈从文用这样一句话来形容自己的第二个儿子。

　　三年前，沈从文的大儿子龙朱降临这个世界，给沈从文和张兆和夫妇带来了无尽的欢愉。如今碧池更添新莲子，沈从文的心里更是乐开了花。在今后那动荡的年代里，龙朱和虎雏成了沈从文和张兆和跨越一个又一个艰难险阻的不懈动力。黑暗的岁月因为有了流淌着同样血液的人的支撑，而变得不再迷惘孤单。

　　沈从文给孩子取名字总要从他的小说里选取，大儿子是他小说里一个白耳族的王子，无论是外貌还是品行，都如神祇般完美，闪烁着常人难以接近的荣光。而虎雏则不是一个高高在上、完美无缺的王子，这次他在自己父亲的笔下，成了一个人见人爱的"小兵"：

　　其实这小孩真是体面得出众的。一副微黑的长长的脸孔，一条直直的鼻子，一对秀气中含威风的眉毛。两个大而灵活的眼睛，都生得非常合适，比我六弟品貌还出色……

怀着无比的激动，沈从文连夜创作了这篇名叫《虎雏》的文章，就当是父亲送给自己新生儿子的第一份礼物。"文章经国之大业，不朽之盛事"，无疑，这是一份绝好的礼物。

这小兵乖巧得很，气派又极伟大，他还认识一些字，能够看《三国演义》。我的六弟到南京把事办完要回湖南军队里去销差时，我就带开玩笑似的说："军官，咱们商量一下，打个交道，把你这个年轻人留下给我，我来培养他，他会成就一番事业。你瞧他那样子，是还值得好好儿来料理一下的！"

在沈从文的心中，虎雏的形象乖巧而高大，仿佛有自己年轻时候的影子，他希望通过自己的培养，让虎雏能够成就一番事业。

我不同你说的这个道理，我只觉得与其把这小子拿来当兵，不如拿来读书。他是家中舍弃的人，把他留在这里，送到我们熟人办的那个××中学校去，又不花钱，又不费事，这事何乐而不为。

沈从文对小说中"虎雏"的命运设计，几乎是按照自己年轻时候走过的路而来的。1922年，来自湘西的自然之子在见过了太多的杀戮与流血之后，选择脱下军装，寻求人生新的转机。

那是决定命运的一天，沈从文躺在床上，思来想去，难耐还是未果。于是他走出房间，来到河边，来到山头，想让湘西这一方孕育自己的山水来替自己做决定，在这一片钟灵毓秀之中，他想通了：

好坏我知道有一天得死去，多见几个新鲜日头，多过几个新鲜的桥，在一些危险中使尽最后一点力气，咽下最后一口气，比较在这儿病死或是无意中为流弹打死，似乎应当有意思些。到后我便这样决定了：尽管向远处走去，向一个生疏的世界走去，把自己的生命押上去，赌一注看看，看看我自己来支配一下自己，比让命运来处置我更合理一点呢？还是更糟糕一点？若好，一切有办法，一切今天不能解决明天可望解决，那我赢了；若不好，向一个陌生的地方走去，我终于有一时节肚子瘪瘪地倒在人家空房下的阴沟边，那我输了。

沈从文就这样离开了保靖，离开了他一生都难以割舍的湘西，来到了他人生中另一座重要的城市——北京。在这里，有一座"城"开始悄然构建，湘西的巨龙正在里面孕育，准备腾飞。

在军阀混战中马革裹尸显然不是沈从文渴望的人生结局，仗剑携行的生活也是时候画上一个句号了。至少到目前为止，沈从文不后悔自己当初的选择，毕竟目前有佳人相伴，自己在事业上又风生水起。因此，沈从文希望"虎雏"也脱下军装，好好念书，做一个像爸爸一样的文人，用手中的笔来为自己写出一片天地。

我们算是把事情商量定局了，六弟三天即将返回湖南，等他走后我就预备为这未来的学士，找朋友补习数学和一切必须课程，我自己还预备每天花一点钟来教他国文，花一点钟来替他改正卷子。那时是十月，两月后我算定他可以到××中学去读书了。我觉得在这小兵身上，当真会做出一片事业来，因为这一块原料是使人不能否认可以可以治成一件值价的东西的。

儿子还刚出世，沈从文就为他设计好了今后的人生线路，并对虎雏满怀信心。虽然往后的局势发展已经完全超出沈从文所能驾驭的范围，并且在很长一段时间内沈从文自己都自身难保，但无论怎样都不能掩盖一个刚得到儿子的父亲内心的激动和喜悦，此时他想把自己儿子未来的一切都安排得稳稳当当，让小虎雏能在这个世界上幸福地生活下去。

他的品貌与他的德行相称，使同他接近的人都觉得十分爱敬……不要笑我，我原是一个极善于在小事情上做梦的人……我想到这小子由于我的力量，成就了一个世界上最完全最可爱的男子，还因为我的帮助，得到一个恰恰与他身份相称的女子作伴，我在这一对男女身边，由于他人的幸福，居然能够极其从容的活到这世界上。那时我应当已经有五十多岁，我感到生活的完全，因为那是我的一件事业，一种成功。

沈从文在写下这段文字后，内心是那样充实而满足，他幻想着这所描述的一切在将来的某个时候都能实现，那么这将成为他的"一件事业"，人生的"一种成功"。

为这小兵读书的原因，本来不大遵守秩序的我，也渐渐找出秩序来了。我对于生活本来没有趣味，为了他的进步，我像做父亲的人在佳子弟面前，也觉得生活还值得努力了。

天底下的父亲都是一样的，为了孩子可以改变自己曾经习惯的一切，无论岁月怎样在这个男人的脸上刻画，他都始终在努力，为了心中那个叫作"父亲"的信仰。

沈从文没有为这篇小说设计一个完美的结局，相反，他用了一个悲伤的结尾：

各处绝望后，我回家时还想或者他会在火炉边等我，或者他会睡在我的床上，见我回来时就醒了。听差为我开门的样子，我知道最后的希望也完了。我慢慢的走上楼去，身体非常疲倦，也懒得要听差烧火，就想去睡睡，把拉开，一个信封掉出来。我像得到了救命的绳子一样，抓着那个信封，把它用力撕去一角，上面只写着这样一点点话：二先生，我让这个信在你回来睡觉时见到。我同三多惹了祸，打死了一个人，三多被人打死在自来水管上。我走了。

没有完美的小说，因为没有完美、设计好的人生。其实，沈从文是想虎雏在长大了的某一天，看到自己父亲当初为他写下的这篇文章，能够去完成父亲那些美好的希冀，做一个真正受人爱敬的"小兵"。

作为母亲的张兆和，心中也极为欢喜。她每天都给小虎雏哼那首《摇篮曲》，希望小虎雏能快快长大。

> 春天的花香真正醉人，
> 一阵温风浮上人身，
> 你瞧日光它移的多慢，
> 你听蜜蜂在窗子外哼：
> 睡呀，宝宝，
> 蜜蜂飞的真轻。
> ………..
> 不怕它北风树枝上鸣，
> 放下窗子来关起房门；
> 不怕他结冰十分寒冷，
> 炭火生在那白铜的盆。
> 睡呀，宝宝，
> 挨着炭火的温。

昏黄的灯光下，张兆和抱着熟睡的小虎雏，轻声地哼唱着这首摇篮曲，旁边的沈从文看着这安静祥和的一幕，露出了难得的微笑……

无奈，简单平淡的生活总是容易被外界所干扰，心中编织的那小小梦想也总是容易破碎于现实。

1937 年 7 月 7 日，距离虎雏出生还不到两个月，卢沟桥事变爆发，打破了沈从文一家人温馨的梦；1937 年 7 月 28 日，北平沦陷，沈从文无奈乔装出逃，而张兆和则以不拖累自己丈夫为名带着两个儿子暂时居住在北平，等局势好转一家人再团聚。沈从文在逃亡途中，还不忘抓住片刻停歇的时间给远在北平的妻儿写信，以纾解相思之苦，兆和也知道从文特别担心那两个年幼的儿子，因此在回信中也特别提到：

> 小孩你可全不用担心，你走后数日，小龙即能自己吃饭，用银勺，坐着吃，吃时极认真，绝不东走西跑，吃的东西与我们相同，所多者牛奶、黄油、馒头、毛豆每天必食而已。小弟弟尤其可喜，整日整夜的睡，自己的奶已足够他吃，已有一个月不添奶粉了，现在小脸、两腿、两胳膊俱见丰满圆润，醒时有人招他玩便咯咯大笑，人走了便自言自语玩手，乖极了，一点也不麻烦人，我现在是真欢喜他。

沈从文看到这段时，眼里泛着泪光，他多想现在就抱着小虎雏亲个够，看着他牙牙学语。幸福的家庭都是相似的，不幸的家庭却各不相同。可这时全中国家庭的不幸都是因为那一场战争，那一场让无数人妻离子散的残酷战争。

1938 年，兆和带着龙朱和一岁多的小虎雏来到了云南昆明和从文团聚，直到 1947 年初抗战结束后才回到北平。小虎雏的童年是灰色的，在这里他和爸爸妈妈每天都要担心炮火的袭击，在那个滇池旁的小村庄过着釜鱼甑尘的生活，还没好好感受繁花似梦的帝都，还没在那饶有趣味的北平胡同里奔跑，就被战火带到这个偏僻的小村庄。不过小虎雏又是幸运的，相比于同时期的其他孩子，他至少能每天和自己的爸爸妈妈待在一起，在爸爸妈妈的呵护中长大成人，在那个战火纷飞的年代里，有这些就已经足够了，不是吗？

不过虎雏并没有像父亲那样走上写作的道路，他在北京度过了自己的青少年时代，并在社会主义工业化的浪潮中选择学习工科。"文革"开始后，虎雏所在的北京第一机床厂部分内迁至四川自贡，他与自己的妻子也跟着迁了过去。这一待便是十四年，直到"文革"结束后才得以重返北京，与自己早已白发苍苍的父母亲相见。

沈虎雏先生 1998 年在北京工商大学（原北京轻工业学院机械系）退休，退休之后的他并没有闲着，而是参与编纂了《沈从文全集》，令他感到无比欣慰的是，通过自己的不懈努力，该文集终于于 2002 年出版，这一年正好是自己父亲沈从文的一百年诞辰。这本文集无疑是给早在天堂的父亲送去的最好礼物。

在《沈从文全集》顺利出版后，沈虎雏先生依旧没有停歇，他全力支持女儿的工作，做起扶贫课题组的志愿者，在另一条战线上继续默默地奉献着。"活在这个世上一天，就要为这个社会尽一份力。"这是沈虎雏先生的处世哲学。他，早已不是当年那个"叛逃的小兵。"

从 1938 年到 1947 年，虎雏把自己本该天真快乐的童年留给了滇池旁的那个僻静的小村庄；

从 1948 年到 1965 年，虎雏在热闹繁华的北京城度过了自己还算安稳的青少年时代；

从 1966 年到 1980 年，在那个遥远的四川自贡，沈虎雏和自己的妻子默默地工作在机床厂，十几年如一日，挥洒着汗水，却从不曾抱怨。

如今，已年近七旬的沈虎雏老人在讲述这段过去的时光时，仍然没有丝毫怨言。那占据了生命四十多年的青春年华，却是一段漫长而艰辛的漂泊之旅。他对别人说："过去的已经过去，再苦再累也都成了回忆，幻化成生命里一段永不褪色的珍藏，而回忆无论酸甜苦辣，都总让人感到欢畅。"

我刚满月，卢沟桥的炮声滚过古都。

这是虎雏在自己父亲死后多年创作的一篇名为《团聚》的文章，用来怀念父亲。虎雏的记忆是从卢沟桥的炮火中开始的，虽然那时他还是个刚满月的孩子。

从我还不记事起，命运一再叫我们家人远离，天南海北，分成两处、三处、四处甚至更多。摊上最多的是同爸爸别离，这给每次重逢团聚，留下格外鲜明的印象。

命运总是让虎雏一家人聚少离多，于是每一次的团聚都显得弥足珍贵。

最后几年团聚，中国人在重新发现沈从文，我也才开始观察他生命的燃烧方式。有过许多长谈短谈的机会，倾听他用简略语句吃力地表达复杂跳动的情绪，同感认识爸爸太晚了。我不大理解他，也没有人完全理解他。

不管虎雏怎么遗憾自己没能好好地认识父亲，但至少他延续了沈从文曾经编织的那个梦，成了一个真正受人爱敬的"小兵"。

街灯在天花板上扯出斜斜窗光，微暗处映出爸爸的面影，抿嘴含笑，温和平静，曾经那个"叛逃的小兵"，此刻已流下两行热泪……

离歌自古最销魂

　　动荡的岁月，颠簸的时光，话不尽的总是国仇家恨，说不完的却是你侬我侬。战火纷飞的年代往往能谱写动人的离歌，婉转缠绵的音符，肆意跳脱的节奏，融入才子佳人的岁月往事，最后化成一首传颂的名曲。

　　我就这样一面看水一面想你。

　　这是沈从文《离歌》里的第一句歌词，幸福的开头，简单，却不失真情。对象，永远是他最爱的三三。

　　可美好幸福的时光总是那么的匆匆，我们竭力想把它留住，它却总是从指缝间溜走。1937年7月7日，距离沈从文的婚礼之日不到四年，卢沟桥事变的发生揭开了中日战争的序幕，同时也带走了美好的一切。此时北平的天空，微雨淅沥，遍布阴霾，一股让人窒息的压抑蔓延在这座古老的城市。沈从文站在自家的庭院里，仰面凝视着天。头顶上日军侵华的机群，撕裂着北京清晨难得的宁静，华夏大地上正在酝酿一场空前惨烈而又旷日持久的灾难。沈从文清醒地认识到，平静的生活已经成为过去，颠沛流离的岁月即将开启。

　　此时的沈从文，已是两个孩子的父亲。他的肩上担负着一家四口的性命安危，留给沈从文思索的时间决然不多。小小的四口之家，在这个民族倏然降临的灾祸中，开始接受一份新的命运。

北京已不可留，每天都有人惨遭杀害，战争的阴影笼罩在这个城市的上空，辗转南下，似乎成了唯一的出路。可让沈从文万般无奈的是，携家出走困难重重，一步不慎就会落个"妻离子散"的下场。这时，张兆和显现出了她果断决绝的一面，她对沈从文说与其一家人相互拖累陷入困境，不如暂时分开。虽然沈从文心中有万般的不舍，但此时不是优柔寡断、细谈儿女情长之际，必须立刻拿出主意，方可保一家平安。最终两夫妻商定，沈从文先离开北平，张兆和随后再带孩子南下，到上海聚会。战争的气浪将一个原本安定幸福的四口之家抛向颠簸不定的人生浪涛之中，未来究竟有什么在等待着他们，一切都还是个未知数。

1937 年 8 月 12 日清晨，沈从文和几个知识分子化了妆，乘坐第一次平津通车向天津出发。可天津早已不是太平圣地，到处都是荷枪实弹的日本兵。到达天津车站后，沈从文一行人被日本兵逐个进行检查。这种"玩心跳"的场面对于几个手无缚鸡之力的文人来说，实在足够惊悚。还好沈从文当过兵，在一行人中表现相对稳重淡定。一出车站，他们一刻也不敢停歇，直奔法租界，原本以为能得到法国人的庇护，可谁知法国人乘机敲诈钱财，几番交涉未果，他们只好住进一家大旅馆。按既定计划，他们一行人取道天津，到南京集中，然后再去上海，可谁知日军在 8 月 14 日对上海发动猛烈攻击，去上海无疑是凶多吉少。在天津逗留了十多天后，终于在熟人的帮助下来到烟台，并辗转来到湖南长沙，其中艰险辛苦真是只有经历过战火年代的人才能够体会。

由此，沈从文开始了他长达八个月的逃难。在这八个月中，似乎印证了那句话，沈从文的文字能带给兆和无比的浪漫。可能在三年的婚后生活中，当初那种情书里的浪漫早已因为零距离的接触而不再，所以这次逃难张兆和并没有选择和丈夫一起，而是选择留在北京，因为她知道沈从文一定会不断地给她写信，这样她就能重温那份文字里的浪漫了。果然，沈从文在逃难途中一有时间就给兆和写信诉说牵挂，而兆和回他的却是"冷言寡语"，还有一些为人处事上的告诫。沈从文虽然把这当成是对自己感情上的一种历练，但他心里也明白，自己始终不能令兆和满意，没能给她想要的幸福。而信、信里的文字，是他们这份爱情里至关重要的一部分，可以说他们的爱情需要彼此之间的"文字"来持续供氧，才不会让这份感情失去继续下去的动力。

一路逃难的途中，每晚对妻儿的牵挂在不断地煎熬折磨着沈从文。战乱年代里，一次离别或许就意味着永不能再见面。沈从文自己心里也不知道到底还能不能和家人团聚，再享天伦之乐。所有的思念都照例化成那一封封书信里牵挂的文字，这些书信以后都有一个美丽的名字——《飘零书简》。据张兆和给沈从文的回信："二哥，自从接到你二十七日南京来信后，三日未得书，计算日程，当已过武汉到长沙了。沿途各地寄来信件，约二十五封以上，按月日视之，似未有遗失，唯次序略有颠倒而已。"从这封回信可以看出，在沈从文那段逃难的路途中，几乎一有歇息的时间就会给张兆和写信，真爱到如此，又何须再说其他。

其实沈从文心中也明白些许，当初张兆和的果断坚决绝不仅是因为怕带孩子一起上路不便，而是因为沈从文只能带给她书信里的浪漫，而在现实生活中，他并没有给兆和幸福，也没能点燃她的激情。

"你是不是仅仅为的怕孩子上路不便，所以不能下定决心动身？还是在北方，离我远一点，你当真反而感觉快乐一些，所以不想来？"

在张兆和心里，其实很享受书信里的那份浪漫，不过这浪漫需要用距离来维持。

沈从文路经长沙之际，再次回了自己的家乡一趟，因为他怕再见即是永别，最后看一眼故乡的山水，曾经仗剑携酒的少年最难以释怀的还是这一方小小的土地。

1938 年三四月间，沈从文搭乘汽车离开沅陵，西行经晃县，出湘境，取道贵州贵阳，再入滇去昆明。至此，逃难生涯落下帷幕。

可在彩云之南的故事才刚刚开始，《飘零书简》带给人的感动还在继续。彩云之南和国境以北的这对恋人，依旧在吟唱着一首动人的离歌！

战火褪色了童话

　　1989 年 3 月 26 日，山海关冰冷的铁轨上，静卧着一位诗人，当火车呼啸而过，天才在一声叹息中玉碎。这位诗人叫查海生，或许我们更熟悉他另外一个名字：海子。

　　1993 年的秋天，我们还未从海子卧轨自杀的悲痛中缓过来，中国另一位天才诗人在用一把斧子将一个好女人劈了之后，选择了自尽。北岛说当听闻他的死讯后，经常独自呆坐，半夜喝得烂醉。这位诗人叫顾城，这个名字对中国读者来说可能有点陌生，但你一定听过这句话——黑夜给了我一双黑色的眼睛，我却用它来寻找光明。

　　海子最终还是未能实现那个"面朝大海，春暖花开"的童话，顾城也同样未能在他构建的童话之城里快乐地活下去。此刻，这两个脆弱而悲哀的灵魂，这两个企图躲进小小伊甸园的"孩子"，都抖动着他们透明的双翅，在一个童话中消失。"睡吧！合上双眼，世界就与我无关。"

　　企图过"牧场"般的生活，却无奈生活在城市里，这是诗人最大的不幸。现实的挣扎与纠结，褪色了他们充满太多幻想的童话。而对于沈从文和张兆和来说，褪色他们爱情童话的，是现实中的战火，是把人的生死掐在分秒之间的战争。这种残酷的现实对于沈从文和张兆和来说，同样无法改变。接受，成了他们唯一的选择。

话说沈从文到达昆明后，此时的张兆和依然带着两个孩子待在北京，而且尚无来昆明与自己夫君相会之意。在沈从文逃难的途中，张兆和在信中向沈从文更多传达的不是关心和慰藉，而是略带怨气的告诫和督促。"希望你生活能从简，一切无谓虚糜应酬更可省略，你无妨告诉人家，你现在一文不值，为什么还要打肿脸充胖子？我这三四年来就为你装胖子装得够苦了。你的面子糊好了，我的面子丢掉了，面子丢掉了不要紧，反正里外不讨好，大家都难过……"面对这样有损男人自尊心的责骂，沈从文却没有一丝的生气，因为他觉得自己的妻子能说出这样的话，是真正地了解自己。不过让沈从文难以忍受的是兆和始终没有想和自己相会的意思，她总是以各种各样的理由搪塞敷衍沈从文："前几天只听到这里炸那里炸，好像随便走到哪里，随时都会有炸弹从头上掉下来，因此决定不走。""我好想算定这场战事不久就会了结，非常乐观，我希望明年春暖以后，再从从容容上路，或者欢迎你们北来。"总之，不管是何种原因，都表明张兆和还是习惯这种离开沈从文的生活。每天忍受着相思之苦的沈从文，像个小孩子一样地抱怨道："你爱我，与其说爱我为人，还不如说爱我写信。"怨气之言似乎无意中揭破了这场爱情的真相，在张兆和的心中，书信是串联这场爱情的纽带。

最后，沈从文忍无可忍，甚至到了怀疑妻子有婚外情的地步："即或是因为北平有个关心你，你也同情他的人，只因为这种事不来，故意留在北京，我也不妒忌，不生气。"话已经说到这个份上，可以说沈从文已经丢下了自己最后的尊严，如果这样说张兆和还能无动于衷、心安理得地待在北京的话，那么这段婚姻基本就可以画上句号了。可其实张兆和心里还是深爱着沈从文的，听到自己的丈夫这么说，就马上带着两个儿子同九妹岳萌途径香港，取道越南河内，沿滇缅线于1938年底到达昆明，开始了他们在彩云之南的共患难、长达七年的相濡以沫的生活。

在昆明，生活的要求开始慢慢降至生存的标准。在那个偏僻的小小村落里，沈从文和张兆和将开始他们新的生活。生活在北京，张兆和尚且要为家中的柴米油盐劳心劳力，到达昆明之后，更是将自己的大部分精力投入到生计这一残酷的问题上。昆明物价飞涨，而沈从文的工资竟还不如一个理发师或跑堂的，这迫使张兆和还要在忙家务之余，出去工作。因为兆和在学生生涯学的是外文，所以在附近的一所中学教英语。平日里除了洗衣做饭，还要担负繁重的教学工作，可张兆和并无什么怨言，因为她明白这是战争时期，国尚且不保又怎么能够贪图安逸享乐呢？前方在流血，个人生活艰难是预料中事。

在昆明七年的生活中，有这样一个小的插曲：

有一天，张兆和的一位堂姐来乡下看她们一家人。一进门她的堂姐就四处打量，然后扯着大嗓门说："啊呀呀，三妹，你怎么穷到这个样子？还教什么书，写什么文章，跟我出去做生意，包你们发财！"旁边站着的沈从文顿时感觉有些羞愧，可这位堂姐完全没有顾忌他的感受。望着这位堂姐身上时髦的衣服饰品和保养得又白又胖的圆脸，沈从文瞬时联想到国家如今艰难的处境，从灵魂深处鄙夷这位客人，但却无言以对；同时望着旁边的妻子，心里真不是滋味。原来这位表姐嫁给了一位铁路上的工程师，在国家处于水深火热的时候，利用职务上的便利，大发战争财，大做投机生意。其实张兆和根本不会羡慕这位堂姐被金钱扭曲了心灵的生活，相反和自己丈夫一样对她嗤之以鼻。试想，如果张兆和是个贪图享受、羡慕荣华的女子，当初就断断不会嫁给沈从文这样的"乡下人"。可又回过头来想想，张兆和对穷困潦倒的生活就真的不会有一丝感触吗？暂且不说这个堂姐，就是自己的亲姐妹，过得都比自己好太多。作为中国最后的大家闺秀，竟然沦落至此，虽然这其中掺杂了太多的国家层面上的因素，但沈从文无疑难辞其咎。一代文学大家无法用手中的笔为自己的妻子带来现实生活中的幸福，这是这个美丽童话不能延续下去的根源。文字里的世界确实很美，那支笔能诉说的东西也实在太多，可沈从文纵然能够建构一个令人神往的湘西世界，能让凤凰古城在多年之后成为中国著名的旅游胜地，使多少国人为之魂牵梦萦。可在当时，他甚至不能为自己的妻子儿子带来一个温饱的生活环境。自古文人多落寞，曾经的诗圣杜甫又何尝不是无法给予自己的家庭一个安稳的生活环境，只因当时也有场战争，叫作安史之乱。

公元775年，当安禄山的金戈铁马踏破繁华如梦的长安古道，唐明皇与杨玉环的爱情童话宣告破碎终结。

公元1126年，清明上河图的热闹喧哗还萦绕在耳边，金人的铁蹄就震碎了汴梁的繁华安宁，赵明诚和李清照的爱情童话也逐渐开始凋零。

公元1937年，圆明园的废墟里还残留着侵略的气息，卢沟桥的一声炮响就接着将沉睡的北京城惊醒。达子营二十八号寓所里居住的文人再也不能在老榆树下安静地写作，他和他妻子在古老的北京城里的童话也从此渐渐褪色。

从古至今，战争似乎都是摧残爱情的毒手，不知凋零过多少爱情之花，让多少童话般的爱情破碎。

战争远远还没有结束，就像昆明的冬夜一般漫长。彩云之南的第一缕亮光还没有出现，张兆和就要早早地起来，开始操持一天的家务。昔日的民国"女神"如今完全束缚在家庭主妇的模式之中，那细腻柔滑的双手早已被生活褪去了光泽，变得粗糙不堪。家中早已雇不起保姆，洗衣做饭全由张兆和负责。中国有句古话说得好："巧妇难为无米之炊。"此刻的张兆和担心的不是厨艺的高低，而是家里经常连吃的东西都没有，揭不开锅是常有的事。为了能让一家人吃饱，张兆和还在自家的后院种上了苞谷和红薯，实在没有东西吃的时候红薯和苞谷也经常作为主粮。至于挑水捡树叶，则全家一起出动，两个年幼的孩子也不例外。九岁的龙朱，六岁的虎雏，如果没有这场战争的话，他们应该在老北京的胡同里无忧无虑地玩耍，在别人羡慕的目光中长大，而不是在这小小的年纪就忍受着衣食之忧。

这一家四口住在离滇池五里远近的一个小小村落里，一天的写作和家务劳动之后，沈从文经常独自来到村外的小山岗上，看滇池上空的云卷云舒，想让这美景舒缓自己内心的压抑和苦闷。这时候沈从文想到的更多是一些人生抽象的东西，命运、生活以及人性。"生命在它的历史进程中，呈现出不同的演变形态，而'变'中又有'常'。在湘西少数民族原始遗留里，晃动着生命的原始影像。这是生命的原生态。"这是沈从文在滇池旁真实的所思所想。

孤旷的环境最容易唤起文人心中的那份敏感，以及对抽象事物的感叹，无数的思想家、哲学家就在此情此景中写下了自己最具分量的天才作品，像瓦尔登湖畔的梭罗。可沈从文又何曾想过在兆和一天的劳作之余，牵着她的手来到这滇池湖畔，伴着夕阳聊聊天，讲一些有趣的事儿排解一下生活的苦闷？或许在那长达七年的时光中都未曾出现过这一幕吧！有的可能只是兆和一个人静静地望着滇池的湖面，尽力地放空自己，不去想当下那些使人易憔悴的事，咀嚼着过去的点滴美好，然后收拾起一份心情，回到那破碎的现实之中。

七年的时光，张兆和陪着沈从文度过了人生最艰苦的岁月，可他们的爱情越是靠近实际，就离童话越来越远。

彩云之南共患难

1938 年 4 月，七七事变仅仅过去几个月，可已经有数不清的生命被日寇的铁蹄摧残，古老的华夏民族正面临着前所未有的考验。生存还是毁灭的苦难正摆在国人面前，马革裹尸的信念还未凝聚在弥漫的战火间，哀鸿遍野的场景却早已随处可见。文人的梦，年轻人的理想，连同高官巨商聚敛的财富，顷刻间都失去了原有的依据，其实我们早该知道岛国的欲壑难填。抬头仰望着天，只见那跳动着的分外清晰的两个字：战争。

抗战时期，由于大片国土沦陷，内地和沿海许多工厂、机关、高校、科研单位、金融机构南迁昆明，掀起抗日救亡运动的高潮，昆明成为抗日的大后方和"民主堡垒"。举世闻名的西南联大，就在昆明落成，培养了数不清的人才。张兆和到达昆明后，不久便举家迁往北门街蔡锷旧居，连同四妹张充和、杨振声以及汪宗和等组成了一个临时大家庭，过了一段相对太平的日子。可昆明毕竟不是世外桃源，在当时的中国早已没有一块纯粹的净土，任何一寸土地都在日本飞机大炮的射程之内。当时的人们，都在时刻担心头顶上随时可能会袭来的"炸裂"。张兆和来昆明后不久，昆明就有日机空袭轰炸。生活在那个年代，空袭警报几乎成了家常便饭，警报一响，往往就是携家带口出城避难。

当时在昆明还有这么件趣事，人们听到警报都往往朝城外跑，只有我们的"情痴"金岳霖却总要跑进城内，因为城内有一只他心爱的大公鸡，就算冒着生命危险他也要把它给抱出来。

后来，由于日机轰炸频繁、躲不胜躲，每天提心吊胆的日子也实在紧绷着神经，所以沈从文一家搬到了昆明附近呈贡县的龙街，那里是距城十余里的乡下。沈从文和张兆和将在这里开始一段新的生活，一种真正相濡以沫的生活。无论后世的人们怎么质疑沈从文和张兆和的这段爱情，无论历史将给出一个怎样的界定，都无法磨灭这段在战火纷飞中风雨与共的日子，那是当时昆明最美的夜景，彩云之南最绚丽的那抹颜色。

自全家迁居昆明呈贡县龙街后，沈从文每周三天住城里，上课，编写教科书，指导青年学生；三天住乡下，陪家人，写作并兼做一点家务。当时抗战已经进入了相持阶段，可以说是最困难的时期，当时谁都没有预料到这场战争会持续这么久，也没有人知道这个古老的民族到底能不能度过这场难关？同昆明的大多数教授一样，沈从文在学校的工资少得难以养家糊口。在战争岁月，文人总是最容易受到冲击，也是最无助的。困厄的沈从文甚至常常没有钱回家，每当这时他只能先去当地的开明书店借一块大洋作路费，从昆明坐火车到呈贡，然后雇一匹老马，颠簸十余里山路，才能回到乡下的家中。以至于多年之后，沈从文脑海中都会经常浮现出这样一个画面：刚告别代表着科技与文明的夹杂着喧嚣与躁动的现代交通工具，就转身骑上一匹老马，优哉游哉地骑行在林间小道。不远处的小麦田里，到处点缀着浅紫色的樱草，细碎而又妩媚的花朵淡淡地飘香。突然老马发出一声长鸣，不小心惊扰了身旁采茶的少女，几只羽毛黑白分明的鹧鸪从水田间惊起，撕破了山野的这片宁静。沈从文仿佛又看到了当初那个携酒仗剑的少年……这一刻，沈从文在独享着这片刻难得的安宁，文人的心在大自然中得以净化，净化成那笔尖流泻出来的精炼隽永的文字。更重要的是，什么国仇家恨，什么尘世纷扰，此刻都可抛至九霄云外。此刻，便觉得自己是个自由的人儿。可再美妙的路途都有结束的那一刻，睁开眼，就是生活。

生活，在此时的沈从文眼中，就是平平安安，就是养家糊口。可这几乎是一种可以算作梦寐以求的奢侈。眼下，在这大后方，物价在不断飞涨，连柴米油盐的供给都非常不足。一个大学校长的收入在四千法币左右，大学教授的收入在三千法币上盘旋，这个工资水平不如当时的一个堂倌或理发师。由此足见沈从文生存之艰难，每天为吃饭发愁，日子过得已经不能再窘迫。

告别了年少时在苏州居住的大宅府邸，此刻的张兆和住在昆明离滇池五里远近的一个小小村落里，一待就是五年。五年的时光啊！能把多少年轻的容颜雕刻得苍老，能让多少年少的梦变得支离破碎。可张兆和坚持了下来，因为她选择了这个男人，爱或者不爱，她都要跟他厮守一生。房屋简陋不堪，厨房的斜梁接榫处已经开裂，随时都有坍塌的危险，却实在没有多余的钱来修理。每逢倾盆大雨，雨水就会顺着裂缝灌入屋内。这时的沈从文夫妇，即使是半夜三更，即使寒风呼啸，都要爬起来，用各种盆、桶等家具把水排出屋去，经常累得是筋疲力尽，连手都抬不起来。张兆和以前绝对想不到，若干年后的今天，自己还要亲自干这种粗活重活。最煎熬的还是昆明的七八月份，受东南沿海夏季风和印度洋季风以及昆明准静止锋的影响，七八月份的昆明迎来了它的雨季，常常下起瓢泼大雨。这时，沈从文家里那唯一的一间不漏雨的屋子，也会因檐口低而进水，室内常常是湿漉漉的。更为可怕的是，半夜的时候，总能听到村中不远处的土墙剥落坍塌的声音，沈从文一家人就不能安心地入睡，只能坐待天明，唯恐下一家就轮到自己。

除了居住条件的恶劣，更让沈从文苦恼的是连饱腹都很成问题。保姆这个词已由张兆和来代替，各种杂务都得由一家人亲自动手，连

尚还年幼的两个儿子都得参与。现在倒是要感谢沈从文的出身，如果他也是一个从书香门第里走出来的文人，那么将无法想象他和兆和该以怎样的一种方式度过这段艰辛的岁月。靠着乡下人的"优势"，磨刀负重这些活沈从文还是能很轻易地胜任；至于张兆和，便要负责洗衣烧饭、照看孩子，而且为了补贴家用，她还要去附近的中学教英语。其余的活，像什么挑水捡树叶，则由全家一起出动，无论是九岁的龙朱，还是六岁的虎雏，这时都没有了年龄上的优势，都不能仗着自己年幼而悠闲待在家里，因为这时的他们也已经知道，要想填饱肚子，必须跟着父母亲出去干活。沈从文在自己垂暮之年回忆起这段艰苦的岁月，觉得特别对不起自己的妻子和两个儿子，自己没有尽到作为丈夫和父亲的责任："当时吃饭，粗的细的，干的湿的，家里有什么吃什么，苞谷红薯做主粮也是常事。数量不够时，先紧两个孩子吃饱，大人半饥半饱了事。"说着说着，沈从文的眼里就湿润了，往日的心酸又浮现在眼前。

这就是战争，国破家又怎么能存！虽然一家人生活得很困窘，但毕竟大家都平平安安在一起，其实在沈从文心中没有什么比这更重要了。

这是一场战争，而文人对于战争往往表现出两个极端。一种是满腔热情，希望尽己之力报效国家；而另一种却是消极萎靡，得过且过，抱着一种"好死不如赖活"的心态。沈从文无疑就属于前者，所以虽然一家人生活艰苦，但却精神饱满，因为他们明白，这是战争，国都不保了又怎能贪图家的安逸。"这是战争！"就是这样一个朴素而简单的信念支撑着沈从文全家人度过长达五年的艰苦岁月。

战争常常和另外一个词联系在一起：腐败。正当民族处于水深火热之时，众多国民党官员却大发"战争财"，依靠手中权力，聚敛钱财。同时舆论机关压制民主、控制异己之声，沈从文写的稿子经常被扣压不能发表。小小的春城、高原上的明珠已经沦为滋生腐败贪婪的温床。沈从文对这些看在眼里，却痛在心里，当然也无能为力。连自己手中的笔都不能为自己说话了，又还有什么武器能拿来捍卫？但更让沈从文痛心疾首的是，有些教授，本该更加兢兢业业地教书育人，为国家培养人才，可事实上他们却终日在牌桌上度过，生命俨然没有了朝气，就宛如一具具行尸走肉，终日醉生梦死。沈从文对他们进行苦口婆心地劝诫，却于事无补，有人听后恼羞成怒还对沈从文反唇相讥。

每当想到这些，沈从文的心里就会蒙上一层阴霾，联想到当下民族的现状，他备感揪心。于是，他总是会不由自主地走到滇池旁，望着那一池清水，长吁一口气，回想着在滇池旁的那条小溪上自己一家人取水的场景：自己和兆和各挑了两只水桶，龙朱也拿了稍小的一只，七岁的虎雏空着手蹦跶在前面，这儿瞅瞅，那儿看看。等到了溪边，趁着装水的功夫，小虎雏在聚精会神地将竹叶扎成的小船，放入溪水里，然后欢喜地看着它飘远。装完水后，小虎雏还不愿离开，硬要拉着哥哥玩水，这时，自己就会和妻子坐在溪边，看着那水花飞溅的画面，以及那两个有着天真痴愿和幻想的孩子……想起这个场景，沈从文心中再多的不悦都会暂时烟消云散，再抬头望望滇池上空那朵朵绚烂的彩云，便觉得有种莫名的释然和舒畅。

云南，这个位于中国西南边陲的迦南美地，因云的变化出奇而得名。这里有著名的"高原明珠"滇池，由于南海常年吹来热风，再加上青藏高原冰雪融化升腾，我们可以看到在滇池上空由大自然妙手创造的"云图"，有时如火如焚般热烈，有时如垂暮老人般迟缓。

不过现在，彩云之南，滇池湖畔，因为有了一段患难与共的佳话，而让人更加痴迷神往。

从心写作却遭弃

战争会改变太多的东西，对于一个作家来说，你可能必须要放弃你以往的写作方式和写作习惯，让你的笔为战争服务。如若不然，你的作品就会显得和这个战争的时代格格不入，以至于遭到同行的抨击、政治力量的打压。

有人说："忧郁是最好的写作状态。"许多伟大的作品都是战争带来的，因为战争能引发太多的情思，激起文人深邃的思考。这时的作品往往是表现人民的不幸，对和平的向往，然而对于沈从文来说，他的小说世界，似乎并没有受到战争的多大影响。

在抗日战争展开后，沈从文跟国民党政府和共产党的关系都得到了显著的改善。这其中得益于他众多左翼作家朋友的搭桥牵线，性格谦逊温和的沈从文身边有一众左翼作家。1937 年 12 月，沈从文在从北京开始逃难路经长沙时，曹禺约沈从文去拜访中共元老徐特立，当时国共已结成抗日同盟，而徐特立正好在长沙担任联络工作。一番寒暄过后，徐特立就邀请包括沈从文、曹禺、茅盾、萧乾在内八大作家去延安；同时徐特立又考虑到沈从文是湖南湘西人，所以他又希望沈从文能回到湘西工作，他相信以沈从文的声望和威信，必定能做出一番大事。然而此时沈从文已经答应了为自己的朋友、成名于 20 世纪

20 年代的著名乡土小说家王鲁彦写十篇讲统一战线的文章，发表于王鲁彦在长沙办的报刊中，所以沈从文婉拒了徐特立的邀请，而这也间接导致了他与共产党关系的破裂。

其实，答应为王鲁彦写文章已经违背自己"不为政治写作"的老规矩，而这个老规矩也直接导致了沈从文与国民党关系的破裂。

来自重庆政府的文艺评论家开始抨击沈从文，直接被查禁的书就有三本：《长河》《云南看云》《记丁玲续篇》。政府运用政治力量强令各大出版社不许印行沈从文的文集，其中多达三十多种文集纳入被禁行列。

"与抗战无关"，这是评论家给这些被禁文集贴上的标签。

其实，沈从文在抗战期间所写的作品中，最让国共两党都不能认可和接受的是他写的非乡土文学作品。一般来说，那个时期的作家一般都改变了以往的创作方向，把目光投向战争，大力创作一些鼓励抗战将士的作品，宣扬"军民鱼水情"，怒斥日寇和法西斯专政……而沈从文所写的作品，非但不能起到鼓舞抗战将士的作用，连最起码的让读者感兴趣和能看懂都似乎还未能达到。艺术手法上的创新求异，主题意义的偏离战争倾向，思想上的隐晦蕴藉，都使他的文章在当时"极不讨好"。在那个下一秒就可能被炮火剥夺生命的年代，在那段四周轰鸣狂躁的岁月，能有多少人还能潜下心细细咀嚼品味这类的文学作品？说沈从文是"政治上无知"，真可谓不无道理。

更为让国共两党所不解和懊恼的是，他们认为在整个国家都在浴血奋战之际，沈从文还沉浸在自己的世界里进行着只有自己能懂的艺术实验，这种"不问人间世事"的行为是对前线战士极大的不尊重。在抗战期间，沈从文一直在尝试用现代派的创作手法来使自己的写作上升到一个更高的层次，在这一点上，他深受法国印象派、弗洛伊德和乔伊斯的影响。在沈从文心里，读者能不能感悟领会自己的创作是次要的，符不符合时代的创作需求也是次要的，关键作品要有自己的特色，因此他特别维护和推崇那种具有强烈个性色彩的让大众"看不惯"的文学作品。比如说早在 1937 年夏天，沈从文就曾为诗人卞之琳辩护，当时卞之琳以《断章》《鱼化石》为代表的作品让读者感觉"不知所云"、晦涩艰深，而沈从文却恰恰认为这类诗歌融入了现代派的创作手法，具有深邃的哲学思考和浓厚的个人主义色彩，因此极力地维护它。要知道，这类型的诗歌到 20 世纪 80 年代还不能被认可和接受，直到以食指、北岛、舒婷为代表的"朦胧诗派"的兴起，才让这种局面得以改善。沈从文按抗战时期的文艺路线而创作的《看虹录》和《摘星录》等作品，更是直接遭到封杀而未曾流传，现在的版本都还是根据当时沈从文的青年诗人朋友翻译的英译本再翻译过来的。

　　主人好像完全理解客人那个意思，因此面带着微笑说："你故事写成了，是不是？让我好好看看，让我从你故事上测验一下我的童心。我自己还不知道是否尚有童心！"

　　客人说："是的，我也想用你对于这个作品的态度和感想，测验一下我对于人性的理解能力。平时我对于这种能力总觉得怀疑，可是许多人却称赞我这一点，我还缺少自信。"

　　主人因此低下头，（一朵百合花的低垂。）来阅读那个"荒唐"的故事。在起始阅读前，似乎还担心客人的沉闷，所以间不久又抬起头看客人一眼。眼中有春天的风和夏天的云，也好受，也难看。客人于是说："不要看我，看那个故事吧！不许无理由生气着恼。"

　　"我看你写的故事，要慢慢的看。"

　　"是的，这是一个故事，要慢慢的看，才看得懂。"

　　"你意思说，因为故事写得太深——还是我人太笨？"

　　"都不是，我的意思是文字写得太晦，和一般习惯不大相合。你知道，大凡一种和习惯不大相合的思想行为，有时还被看成十分危险，会出乱子的。"

"好，我试一试看，能不能从这个作品中发现一点什么。"

于是主人静静地把那个故事看下去。客人也静静地看下去——看那个窗帘上的花马。马似乎奔跃于广漠无际一片青芜中消失。

《看虹录》的发表在昆明引起了轰动，因为它在战争文学盛行的当时显得是那么格格不入，而且读起来晦涩难懂，涉及众多的意象和联想。就单从这部分节选来看，"主人"与"客人"到底影射了什么，那个故事又有什么不一样的寓意？这在当时都引起了人们极大的猜想。当时甚至有读者指责他的这部作品刻意模仿劳伦斯，虽然没有像劳伦斯的《恋爱中的女人》《儿子与情人》那样充斥着色情因素，但却极易挑起读者的联想。

此时的沈从文被极大的舆论压力所覆盖，在听从了朋友的规劝后，他不再写《看虹录》这类形式的小说。而将更多的笔触投放到战争之中，不过这时的沈从文仿佛又走向了另一条"僻径"。战争的苦痛，不被理解的失意，让沈从文在昆明的那几年成了他人生旅程中最痛苦、灵魂备受煎熬的日子。这时期他写的作品大多是自传性的散文，在这些散文里，蕴含着沈从文徘徊于抽象与具象之间的思考，他对战争与和平、生与死、美与丑等一系列问题进行拷问。不过沈从文的这类作品虽然走进了战争，但却陷入了一种迷惘与孤寂，不像其他的战争文学的作品，读起来使人热情澎湃，团结一心抵御外寇。这类散文的代表作是《烛虚》，旨在"察明人类之狂妄与愚昧，思索个人的老死痛苦，使生命之光，熠熠照人，如烛如金"。

和尚，道士，会员……人人都俨然为一切名分而生存，为一切名词的迎拒取舍而生存。禁律益严，人性即因之丧失殆尽。许多所谓场面上人，事实上说来，不过如花园中的盆景，被人事强制曲折成为各种小巧而丑恶的形式罢了。一切所为所成就，无一不表示对于自然之违反，见出社会的抽象和人的愚心。

黄昏时间湖边人家竹园里有画眉鸣啭，使我感觉悲哀。因为这些声音对于我实在极熟悉，又似乎完全陌生。二十年前这种声音常常把我的灵魂带向高楼大厦灯火辉煌的城市里，事实上，那时节我确是个小流氓，正坐在沅水支流一条小河边大石头上，面对一派清波，做白日梦。如今居然已生活在二十年前的梦里，我却明白了自己，始终还是个乡下人，但与乡村已离得很远了。

这两段是《烛虚》里面的精华片段。面对战争，沈从文多是产生一种哲学、人性层面上的思考，而这种思考难免给人带来一种悲凉、伤感的情绪，当时的中国正处于水深火热之中，相持阶段的抗战漫长而难熬，中华民族能否挺过这场灾难依然还是个未知数。这种时候就需要一股正能量让所有人咬紧牙关、奋勇抗敌。无疑那种直白地歌颂抗日英雄、抨击日寇的作品更能鼓舞人心，所以沈从文的这类作品意料之中地使他与文艺同行越来越疏远。

同行的冷漠、外界的压力和抨击使得沈从文将目光更多地投向抽象人生领域的思索，面对一大堆的抽象法则，他有时会感到异常的疲劳，茫然迷惘而不知所措。他经常面对着看不到尽头的滇池，长长吁一口气，然后回屋执笔，把他那"不合群"的思想书写下来。在不知不觉中，沈从文陷入了一个恶性循环。

不过这一切妻子张兆和都看在眼里，她知道自己的丈夫就像一颗恒星，总会自觉不自觉地偏离自己本该运行的轨道，往遥远深邃的空间飘去。每当这个时候，张兆和就会多啰唆几句，告诉自己的丈夫不要过度地陷在那些深奥抽象的思索当中，多关心现实的世界，无谓的感叹拯救不了目前的中国。不过兆和也知道，如果别人的看法能改变沈从文内心的执念，那么他就不是与自己朝夕相处的那个沈从文。她只是希望丈夫能跟自己吐露一下内心的想法，说出来总比憋在心里好受些。

沈从文因文学而扬名于世界，他的悲剧命运也同样因文学而起。

1945 年 8 月 15 日，日本无条件投降。可沈从文的命运并没有因为国家命运的转变而好转，相反，他正加速自己走向深渊。

战争的阴云依然笼罩着华夏大地，这个国家依然没有得到长久的欢欣。

在 1946 年到 1949 年的内战中，沈从文明确提出自己"反对内战，捍卫和平"的主张。他在上海的《大公报》和天津天主教报纸《益世报》、北平《平明日报》的副刊上发表文章，宣扬自己的观点，并呼吁全社会反对内战。

内战让中国走向绝望的深渊，沈从文认为这是一场有组织的自杀，因为某个政党、某些人的自私和贪婪。因为共产党是被迫卷入内战，曾经一度呼吁和平，所以那时沈从文倾向于左翼。但沈从文一直没有加入共产党的愿望，他始终避开"民主党派"，希望依靠游离于国共两党之外的"第三种力量"来拯救中国。

同时，沈从文极度反感用政治术语来分析中国当前社会，他总是从精神、道德等人类本性的层面上来思考问题，来为这个国家谋求出路。中国目前正处于道德的绝对衰败期，从军阀政治衍生出来的嗜杀成性，以及少数人内心物欲的极度膨胀使得这个国家再次陷入战争的泥潭，沈从文认为要想解决这一切，仅仅依靠武力是远远不行的，只有从精神和道德上拯救国人，才能真正拯救这个国家。

有趣的是，沈从文还提出过"花园城市"的设想，他想把北京城建成一个堪称"历史文物"的"花园城市"。其中，让哲学家出任市长，建筑师任副市长，建立现代化的警察制度来管理城市……

沈从文之所以拿北京来进行构想，是因为他觉得北京是中国传统文化的凝结，而战争爆发的另外一个重要原因正是传统文化遭受破坏，传统道德不断沦丧。在他设想的"花园城市"中，政府必须担负起道德榜样的作用，在追求现代化的过程中保持着传统。在沈从文的世界里，用文学"重造经典，复兴传统"，从而来完成对国人精神的改造一直是他的目标，也是他对这个国家该怎样重建发展的一种构想。当然，他全部的活动，至少在当时的中国，只是一种书呆子对理想的寄托。

至此，文人"乌托邦"式的政治构想已在沈从文身上表现得淋漓尽致。

但沈从文却不知道，他越是游离于国共两党的政治构想之外，他就离自己心中的文学创作越来越远，直到有一天，他必须得放下手中的笔。

不过没想到，这一天到来的是如此之快。

从 1948 年起，沈从文就为他游离于国共两党政治之外的中间路线而逐渐付出着代价，接连不断地遭到各种污言秽语的抨击，被描绘成各种丑陋不堪的形象，如《鸿銮禧》里的穆季、介于二丑与小丑之间的"三丑""封建弄臣""清客文乞"等等。

从回到北平到 1951 年，沈从文逐渐被各大媒体报刊打压封杀，发表的文章寥寥无几，而讽刺打击则是每日缠身。他不明白为什么自己对这个国家的热情和忠诚换来的却是这般下场，他也永远不会明白，因为在政治面前，沈从文一直都是个"局外人"。

在剥夺了写作权力后，因为长时间不见这位文坛巨匠的作品，沈从文也一度被外界猜测或被监禁，或已遭受迫害死亡。

其实，这个来自古朴湘西的男人真的很简单，他只想用手中的那支笔去描绘他眼里的世界以及诉说他对这个世界的思考，他只想在自己那一方小小天地里静静地挥毫，但不幸的是，他没有生在一个安稳的年代，动荡的局势让他不得不在自己不擅长的领域表达着自己那一厢情愿的看法。

自从沈从文去世之后，后人才开始慢慢了解和重新认识评价他的一生，真实的沈从文才浮现在世人面前。

斯人已逝，留给后人无尽的唏嘘慨叹。

但愿有来生，给他一支笔，让他安稳地写下整个世界。

第 五 卷

相濡以沫风雨共

山雨欲来风满楼

黑夜终于不再笼罩着华夏的大地,东方的天边泛起一片光明,青鸟载着归来的信,划过黎明的天际。

1945 年 8 月 15 日,天皇裕仁正式宣布日本无条件投降,战争终于结束了。此刻除了欢呼与热泪,还有什么更能表达国人的心情。是的,这个古老的民族再一次经受住了考验,虽然早已伤痕累累。上天总是会眷顾善良的人们,当然,我们也失去了太多的生命。沈从文永远也难以忘记 8 月 15 日的那个夜里,正在静心写作的他突然被一阵喧闹声打扰,走出门外,看到居住在同一个村子的彼得:一个 60 岁的加拿大老人,提着一个搪瓷面盆,在村子里一边狂奔,一边发疯似的狂敲,大声地呼喊着"战争结束了,日本投降了"。看着像个小孩子一样狂奔的彼得,沈从文的眼里满含热泪,不知为何,心里突然有了过去八年战争进行中少有的悲壮沉重。

1945 年 9 月 9 号,对于全中国人民来说,是个普天同庆的日子,中国战区的日本投降仪式于这一天在南京举行;而对于沈从文来说,这个日子的意义更加重大。十二年前的今天,沈从文在北京中央公园里与自己心中的"女神"结为连理。转眼间,两人在不知不觉中已经度过了十二载的春秋,也早已没有了当年的模样。十二年的时光,居然有八年在战乱中度过，这不禁让沈从文感慨自己和兆和这一路走来的不易。在今天这个纪念日里，沈从文终于表现出了他在生活中对兆和的有心和浪漫。早在几天前，他就邀请了几个在昆明的至交好友，来乡下聚聚，并且连夜写了一篇题为《主妇》的短篇小说，来作为结婚周年纪念日送给自己妻子的礼物，感谢她这十余年来操持家务的劳累。没有身边的这个女人，沈从文真不知道这八年时间该怎么熬过来。有一种爱，叫作陪伴，叫作守护。

1946 年 7 月 16 日，收拾好一份心情，沈从文一家将要离开滇池旁这个生活了整整八年的村庄，搭乘飞机飞往上海。此刻的沈从文，满腔的抱负，一心想着要奉献自己的力量，来重建这个千疮百孔的国家。可是沈从文并不知道，命运刚让他跳出战争的泥潭，却又在慢慢引导他走向一个更大的深渊。未来的那场灾难，对于沈从文来说，是致命性的打击。

此时，西南联大复员计划已经正式启动，三所大学的教职工都集体向平津迁移。因为张兆和准备回苏州住一段时间，所以沈从文决定一个人先行北上。而此前一个多月，蒋介石悍然发动国共第二次内战，刚刚熄灭的战争之火又再次被燃起，中国大地又处在哀鸿遍野之中。考虑到局势还相当不明朗，沈从文的朋友巴金、李健吾都力劝沈从文不要轻易北上。因为北大此时人际关系复杂，而沈从文又不是圆滑之人，不善于跟工于心计之人打交道，更何况教学还不是沈从文的强项。但此时湘西人豪爽的性格压制了楚人骨子里的那份懦弱，而且沈从文已经答应了北大的邀请，文人一诺千金，又怎么可以食言，所以沈从文义无反顾地来到了北平。此刻的他，正在慢慢滑入深渊。

沈从文回到北平后的第一天，独自走到北平的大街上，再次感受一下这阔别了九年的古都。似乎什么都没变，似乎又变了很多，突然有一种莫名的躁动在沈从文的心头翻涌，因为他发现这场战争似乎改变了这座古城最原始的东西。街上到处都是人，但一眼就可看出没有了老北京人身上的那种味道。街上的人群神气间有一种想通之处，都呈现出一种疲惫或退化的迹象，没有了往日的悠闲淡定。或许这就是战争带来的创伤吧！这个民族刚从一场侵略战争中喘过气来，又马上陷入了内战的深渊。

没有更多闲暇的时间来继续寻访古都，沈从文选择马上热火朝天地投入到工作之中，成了个彻彻底底的大忙人。由于是在抗战胜利后复员回来，再加上抗战前在北平所具有的广泛影响和声望，而且沈从文又被称作"京派作家的代表性人物"，所以沈从文回北平后深受青年学生和社会各方面的欢迎，一时身兼多职。除了继续在北京大学任教外，沈从文还同时担任了四个大报文学副刊的编辑。北平的《经世报》由杨振声署名主编，沈从文担任副刊编辑；天津的《益世报》由沈从文署名主编，《平明日报》文学副刊的实际编务由沈从文担任；《大公报》文艺副刊因抗战前的旧关系，也邀请沈从文参与编辑。此刻的沈从文，用受到万千宠爱来形容似乎也不为过，一时之间，风头无两。教学、写作、编辑文学副刊、指导学生组织的文学团体，接待不断来访的客人，填满了沈从文的生活日程，甚至让他快忘记了还远在苏州的妻儿。文人心中的理想一旦得到了现实的保障，心中爆发的激情将无法想象。虽然身兼多职，但沈从文凭着自己的满腔热血以及深厚的文学修养，把工作做得有声有色，取得了不小的成就。他所主编的文学副刊，在平津一带产生了较为广泛的影响，并且沈从文非常注重青年作家的培养，因为沈从文自己一路走来也深受胡适、郁达夫等名家的培养帮助。

现在的一切看起来都似乎那么美好，沈从文觉得自己正朝着人生理想不断迈进；而改变这一切，还是战争。

共产党和国民党的斗争已经进入了白热化，鹿死谁手还未可知，无法否认中国正处于时代更替的前夜。知识分子作为社会变革的中坚力量，自然是国共两党争相拉拢的对象。从《一个传奇的本事》和《从现实学习》这两篇文章中可以看出，沈从文已经早已确定了自己笼统的反战立场，他将重造民族生机的责任寄托在非党派、非集团的学有所长、有"理性"的知识分子身上，同时他又认为这些知识分子应当无任何党派背景，超脱于共产党和国民党的政治立场之外。事实上，沈从文这种看似中立的政治立场其实两边都不讨好。历史告诉我们，在政治斗争中，如果你卷入两党之争，无论是自愿还是被迫，都只能潜下心来把"宝"压在其中的一方，选择中立反而容易遭到两方势力的共同打击。沈从文显然是不懂得这个道理，文人成为政治斗争牺牲品的悲剧再一次重演，不幸的是，这次轮到了沈从文。

战争将沈从文带到深渊面前，而把他推向深渊的却不是别人，恰恰是沈从文自己。国民党公然撕毁"双十协定"，挑起第二次内战，这一举动击碎了很多知识分子建立民主共和国的梦想，和平与安定在他们眼中又再次变得遥遥无期。有的人对现实变得迷茫而惶恐，于是选择逃避；有的人将自己的命运寄托在两党之中，任由战争来决定；而沈从文却偏偏选择了一种最为愤青的方式去面对这个混乱的世界——发表政论文，针砭时弊，"书呆子"不切实际的"乌托邦"想法在此刻毕露无遗。沈从文这种不识时务的做法随即引来了此起彼伏的批判。

1948 年 3 月，郭沫若首先向沈从文"开炮"。《大众文艺丛刊》第一期《文艺的新方向》在香港出版，沈从文在这一期的刊物上遭到猛烈地抨击，可以说是令他触不及防。左翼文化阵营的代表人物郭沫若率先向沈从文发难，在其发表的《斥反动文艺》一文中说，沈从文是"存心要做一个摩登文素臣的'桃红色'作家"，是"一直有意识的作为反动派而活动着"。众所周知，郭沫若是马克思主义文艺理论方面当仁不让的权威，共产党方面的文艺领袖，他的这次发难无异于宣判了沈从文的命运。此次与共产党的决裂，再加上后来国民党的溃逃，决定着沈从文在新中国的日子不会好过。当然这些都还是后话，因为目前就有太多的抨击在等待着沈从文。

这次内战没有想象中的那么焦灼和漫长，党内的腐败早已让国民党失去民心，战争在后期呈现出一边倒的局势。在共产党人民军队的疯狂碾压下，国民党的统治宣告覆灭。当然，战争的结果早在沈从文预料之中，纵然国民党早就对他进行劝说，希望沈从文能来台湾，可沈从文从来就没有这个打算，他的心是属于四万万中国人民的，他的力量是要奉献给未来新生的中国的。战场上的暴风骤雨席卷了文化思想领域，共产党为了扫清思想政治方面的障碍，为建立新中国做好准备，对沈从文进行批判与清算是势所必然。沈从文"游离"国共两党政治之外的"中间路线、超越具象的战争关照、自由主义的文艺追求，都与左翼文化阵营奉行的宗旨路线相悖；而且，思想与文艺一旦融入了政治的"关怀"，这种批判便会从具体观点的驳正演绎成目的性的追究，换句话说，沈从文悲剧性的命运已经注定，他已无从规避。

沈从文的多篇文章遭到左翼的批判，如他的那篇《芷江县的熊公馆》，这仅仅是一篇回忆性的文字。沈从文为了纪念熊希龄病逝十周年，将自己在青年时代以亲戚身份作客熊公馆时的所见所闻所感写了下来，表达自己对熊希龄先生的敬慕和追念之情。无奈，这样一篇极具人文色彩的文章竟被认为是在歌颂具有封建思想的老爷太太们的德行，赞扬地主阶级的剥削，左翼作家更是把它定义成"典型的地主阶级文艺，同时把沈从文丑化成"奴才主义者"和"地主阶级的弄臣"。

面对突如其来的打击，沈从文深深感受到山雨欲来风满楼的低压。幸好这时他的身边，还有自己生命中最在乎的那三个人。沈从文回到家里，只要看见虎雏那稚气而又洋溢着微笑的脸庞，就感觉幸福而欣慰，白天的苦闷与压抑瞬时间都一扫而光。

"爸爸，我看到报纸上有人说你是中国的托尔斯泰，但世界上十个读书人中有九个都知道托尔斯泰，爸爸的名字可没这么厉害，我想你不及他。"

听到儿子这么有趣的提问，沈从文不禁陷入了思考，然后认真地对自己的儿子说："是呀！爸爸现在是不及他，那是因为爸爸结了婚，有了你们的'小妈妈'，接着又有了你们，而后又遭遇了战争，还记得我们一家在昆明的小村庄里住了那么久吗？这一件都让爸爸没有一个好的环境去写作，所以这十年间没写出什么好的东西来。不过爸爸答应小虎雏，也答应了你们的'小妈妈'，将来一定好好写。"

"那爸爸要写多少才能超过托尔斯泰啊？"

沈从文听到这，不觉间笑了出来，"最少一二十本，反正要写好多好多。"沈从文自信满满地对小虎雏说。

"一二十本这么多啊！爸爸肯定在吹牛，爸爸每天这么忙哪来的时间写东西。"

听到这，沈从文不觉间想起来几天前给妻子兆和写的一封信（沈从文这个夏天到北平城郊外度假，而兆和因要照顾生病的弟媳先返回了北平城内）。"小妈妈，我近来更幸福的是从你脸上看到了真正开心的笑，对我完全理解的一致。这是一种新的开始，让我们把生命好好追究一下，来重新安排，一定要把这爱和人格扩大到工作上去，我要写一个《主妇》来纪念这种更新的开始！"《边城》，是他十五年前对三三的许诺，后来名噪天下，到如今更是成就了一座城；十五年后，他再次做出许诺，并坚信自己一定可以完成。其他的承诺沈从文可能做不到，也不敢轻易许下，但这是关于"文字"的承诺，而实现承诺的笔是他最为之骄傲的武器。"一定要做到。"此刻的沈从文在心里默默念道。

1948 年的夏天是在幸福中度过的，虽然在此前遭受到许多非议，但沈从文相信公道自在人心，他相信暴风雨已经过去。单纯幼稚的想法总是会选择在文人的脑海中出现，接下来发生的事彻底让沈从文绝望，别说实现自己的承诺，就是他生命中最愁人、最引以为傲的那份美丽——文学，他也要和它挥手告别了。

随着 1949 年 2 月底，人民解放军进入北平和新政权的建立，各种报刊对沈从文的批判不断升级。

"彻彻底底的反对派！"

"清客文乞！"

……

诸如此类严厉责备的声音，连续不断地在沈从文的耳中炸裂轰鸣。

沈从文百思不得其解，自己怎么就在一夜之间成了反动派？自己一路走来，曾经冒着生命危险用手中的一支笔对军阀政治及嗣后依靠杀人建立起来的国民党政权进行批判，这难道还不能表明自己一片丹心吗？虽说自己对共产党的方针政策曾表示过怀疑，但也从未与之为敌，而且质疑不正是民主政治的表现吗？

文人在政治面前，总是容易产生一厢情愿的想法，在满腔热情之后，遭受意想不到的打击。不过，历史正是有了这一群被政治"玩弄"的人，才朝着更加民主的方向发展。

沈从文的侄子黄永玉在《这些忧郁的碎屑》里说："从文表叔对政治有情缘，有感受，只是没时间和兴趣培养分析能力。心里没有政治，大不了落个'无知'的称号；对政治发生兴趣会落个什么下场，那只有天知道了。"沈从文的心里装着的是这个国家的未来，他想用笔写下自己对这个国家前途命运的思考，只是他没有看清当下的局势，没有像一个精明的政客一样选择蛰伏，而太过直露地摆明自己的政治态度，最后招来横祸。

刚迎来战争后的新生，沈从文又陷了另一片风雨飘摇之中。

未来之路充满坎坷，沈从文即将迎来他人生中最大的挑战。

只留清白在人间

　　照我思索，能理解我，照我思索，可认识人。

　　这是沈从文的遗作《抽象的抒情》里面的一句话，同时，这句话也是沈从文的墓志铭。

　　区区十六个字，却概括了沈从文一生的追求和夙愿。思索，是他面对这个混沌世界的方式；在思索中，他不懈地追求着自己文学上的理想。北平城那颗老槐树下的畅想、滇池旁的凝望、重返故都后悲悯的叹息，都熔铸了他对这个世界徘徊于抽象与具象之间的思索。而渴望这个世界"能理解我"则是沈从文一生的夙愿：

　　六十多年过去了，面对书桌上这几组文字，我不知道在梦中还是在翻阅别人的故事。从文同我相处，这一生，究竟是幸福还是不幸？得不到回答。我不理解他，不完全理解他。后来逐渐有些了解，但是，真正懂得他的为人，懂得他一生承受的重压，是在整理编选他遗稿的现在。过去不知道的，现在知道到了；过去不明白的，现在明白了……不过太晚了。

　　这是张兆和编写《从文家书》时在后记里真情流露的一段话。感概和惋惜或许是这段话最能传达给我们的情感，连沈从文最亲密的人、一生无法割舍的挚爱都无法真正理解自己，那么这个世界上还有谁能读懂自己。

沈从文是不被理解的，至少在有生之年。

在重返北平遭受到一连串的打击之后，沈从文陷入了思想上的迷惘与孤独。这种感觉就好比自己置身在无尽的黑暗中，纵使此时的夜空布满星辰。人民，这两个字在沈从文的心中，是那样的神圣而崇高，那是跟信仰有关的东西。可能沈从文在如今人们的印象中，他只不过是写下了一座城，但却别忘了，这座城里还居住着一群古朴而又善良的人们。自己从不曾与人民为敌，在沈从文一生的创作里，他自信这点是毋庸置疑的。可这会他却体验到了当初屈原的痛苦，一种"自信无从代替人信"的痛苦。冰冷残酷的现实无情地打击着这个本有一腔热血的文人：

1949 年 7 月，全国第一次文学艺术工作者代表大会在北平召开，边城的作者，连续两届入选诺贝尔文学奖的沈从文，却与会无缘。

1949 年 9 月，中国人民政治协商会议第一届全体会议在北平隆重召开，沈从文看着自己身边具有相同思想倾向、政治立场的人，正以民主党派人士的身份参与国家大事，为这个新生的国家规划未来发展的蓝图，而自己却只能待在家，戴着一顶写上了"反动派"三个大字的帽子。

……

有时历史就是这么滑稽而作弄人，总会给当时的人们做出一些永远找不到事实依据的判决，"欲加之罪，何患无辞"的悲剧又一次看似巧合地上演。只不过，这一次，历史选择了沈从文，选择了把悲剧留给这个用文字书写生命的男人。可是沈从文自己不明白，他也永远不会明白，如今的这个局面到底是如何导致的。二十七年前，行伍出身的沈从文脱下军装，带着对"滥用权力、残杀无辜，使这个世界混乱而又悲惨"的无数腐败到骨子里并深深扎根在这片土地上的大小统治者的憎恶，他只身来到北京，在高小毕业的起点上，追逐着自己并不华丽的文学梦。

二十多年来，为了改造这个世界，为了重造现实，他的笔未曾有过一刻的停歇。《记胡也频》《记丁玲》《长河》，哪一部作品不是蕴含着他对这个不公世界的批判，而批判的矛头大都指向军阀政治以及依靠屠戮建立起来的国民党政权，自己却从不曾于与共产党为敌。沈从文未像闻一多那样倒在国民党的枪口下，却在共产党的口诛笔伐中备受打击煎熬，这种在沈从文眼里莫名其妙的批判着实令他心凉，并让他的内心滋生出一层恐怖的阴影。

沈从文写作的权力就在这排山倒海而来的批判中一点一滴地丧失，处在舆论风口浪尖上的他感到一种前所未有的政治压力。压力滋生出内心恐怖的阴影，沈从文开始变得神情恍惚，忧心忡忡。

在滇池湖畔，在那个偏僻的小村庄，日子虽然过得艰苦，但沈从文却有自己妻子的理解和陪伴。可这次，他陷入了彻彻底底的孤立，四周漆黑一片，没有一丝的光亮。

新中国的成立，带来了翻天覆地的改变，百废待兴的中国需要新的活力注入。而沈从文此时表现出来的郁郁寡欢则与这新时代预期的欢欣格格不入。在妻子张兆和的眼中，自己的丈夫这时应该是热情澎湃地投入到新中国文艺事业的建设中去，积极响应党的号召；在两个孩子的眼中，自己的爸爸此时应该带着自己快乐地游玩北京城。可沈从文无疑没有照着自己家人的预期发展，而且张兆和隐约感觉到，自己的丈夫又陷入了一种内心里的抑郁和自我恐吓之中，但这次似乎又不是像一般哲人那样在思考抽象人生中产生对于生命的焦虑。此刻的张兆和也迷惑了，她突然感觉到自己似乎对这个与自己生活了十五年的"乡下人"还是一无所知，仿佛自己从未走进过他的内心世界。

沈从文不理解这个世界为什么会这般折磨他，而沈从文的亲朋好友也不理解他此刻的所思所想所为。

夜晚滋生出无尽的黑，蔓延在这个变幻世界的每一个角落，不断地挤压着黎明到来的时间。

这时的沈从文，就像一个得了"自闭症"的儿童，不愿与人接触。别人问他为什么会变成这样，他只是呆呆地望着天空，仿佛若有所思，却从不回答；面对着亲人千方百计地逗乐，他也始终无动于衷，脸上难有一丝笑意。所有人似乎都对他的这种转变感到甚是不解，张兆和心中也万分焦虑，无奈之下她只好求助于杨振声，她希望沈从文这个具有挚友兼师长情谊的好朋友能够开导他，让他回归生活的正轨，做大家熟悉的沈从文。

"你还是别管他了，随他去。"在几次劝说无果之后，杨振声无奈地对张兆和说。

"回湘西去，我要回湘西去！"这是沈从文现在唯一的念叨。一个人在生命中最低谷、迷失了方向的时候，在内心无比失落不解的时候，"回家"往往是此时灵魂深处最深切而急迫的呼唤。如果此时沈从文能够回到湘西的那片土地里，让凤凰古城的那方山水滋润一下他迷惘的心灵，或许就能剥开迷雾，让这颗处于无序状态运行的"星体"重新回到正确的轨道。可没有人能想到这一点，一个目前只会"喃喃自语的孩子"纵然有这样的意识，也已经无法支配自己的行动。现实在慢慢逼迫着沈从文，逼迫到他的完全退缩至自己的内心。

当压抑与孤独达到了一种极限就会想得到解脱，而解脱的方式，往往是自杀。

西方有位哲人曾经说过："在某些时候，如果一个人并非理性地选择了'自杀'这种特殊的生存方式，而只是由于现实中的困难看似难以克服，那么，他只是一个短视而懦弱的人。"

没错，现实压迫下的沈从文，原先的理性已经荡然无存，此刻有的只是从来没有过的软弱。楚人那注定悲剧性的血液正在悄悄沸腾。

二十多年来，自己在旁人不易想象的情形中，追究"文学运动"的意义，学习运用手中的一支笔，实证生命的价值，这条路似乎已经走到了尽头。个体生命的独立与自由也即将失去意义。原先那个对生命有理性有规划的自己，正在被那个宿命论的自己战胜。

这是沈从文在自杀前夕写下的一段话，这时的他已经完全将自己束缚在那间小小的书房之中，整天胡思乱想。不过想的都是故乡的山啊，水啊，还有那一群可爱的人。他觉得命运此刻正在对他报以嘲笑，嘲笑他这个骨子里懦弱卑微的"乡下人"，仿佛只有湘西才是自己一生的归宿，自己离开它一步都是个错误。

张兆和这时能做的也只有叹息，望着自己丈夫那近乎病态的神情，她甚至不敢让虎雏和龙朱去看他，怕他吓到儿子。"自己以前的丈夫到底去哪了，怎么突然就变了个人。"兆和经常这样噙着泪问自己，问上苍，可没有人能告诉他答案。

神经的高度紧张就会产生一种近乎病态的癫狂，压抑往往会通过幻觉表现出来。沈从文经常把自己锁在卧室里，不让任何人进来，在这方小小的天地之中，他时常觉得有人在监视着他，他的眼里仿佛看到了无数双眼睛，无数双窥伺的眼睛，在注视着他的一举一动。

煎熬，煎熬，煎熬……

解脱，解脱，解脱……

1950 年的一天，气温颇高，太阳在炙烤着金色的北京城。一种莫名的燥热突然在沈从文心中翻涌，他感到无从自控的难受，仿佛整个身体都要炸裂。他疯狂地挠着头发，搜索着能让他得以解脱的东西。突然，桌上的一把小刀进入了沈从文的视线，这时沈从文对它有种难以言喻的亲切感。那种亲切感中夹杂着一股难以抗拒的诱惑……

他像是被一股来自灵魂深处的力量牵引着拿起那把小刀，在自己的手腕上轻轻一划……

"啊！"沈从文发出轻微的呻吟，一种畅快感瞬间传遍全身，他靠在椅子上，血不住地流，此刻他仿佛看见了翠翠，那个边城里的翠翠，摇曳着身姿，发出动人的笑声……

本以为能就这样安然地死去，可上天偏偏不让，因为上天知道他还有未尽的使命。沈从文自杀的那一天，张兆和的一个堂弟张中和恰巧来沈家作客，在沈从文"轻轻一划"的那一刻，他正好从沈从文所在的房间走过。一阵轻微的呻吟声传到张中和的耳际，他突然莫名地紧张起来，赶紧上前推门，并在门外大声呼叫沈从文的名字。没有任何的反应，门依然纹丝不动。这时张中和预感到事情不妙，随手在附近找了一根木棍，将窗玻璃砸碎，然后从窗口跳入房间。

"啊……姐夫，你怎么了？"张中和不禁失声叫了起来。他被眼前的场景惊呆了，血不住地从沈从文割破的血管中流出，地上已经积聚了一摊血，此刻的沈从文已经陷入昏迷。

张中和马上叫来几个人，将沈从文送往医院。

"天妒英才"的悲剧再一次上演，不过上天这次幸好把握住了"度"。医生把沈从文从鬼门关里拉了回来。

"我不在这里，我要回家。——他们要迫害我。"

这是沈从文醒来说的第一句话，此刻的他依然神志不清，以为自己置身于牢房之中。

周围的人见此情景，都感觉到一种心酸与凄凉，堂堂的文坛大家居然落到如此田地，怎能不让人心生叹息。

此刻的张兆和，已经哭得像个泪人……

叔本华曾经说过："自杀并不是意志的否定，而是相反，是意志的肯定。"按照叔本华生命哲学的观点，沈从文的自杀，是对自己意志的肯定，是对自己信仰和立场的捍卫和坚守。他深信自己从未背离一路走来所坚持的信仰，他深信自己永远是人民当中的一分子，从未背叛过人民，那些所谓的"罪名"都是有意者而为之，现在我所做的一切，都是为了那句话：

只留清白在人间！

人世风尘稍沉静

有一段路，遍布荆棘，风尘滚滚，艰辛地走着，忽然发现有一片树林放缓了呼啸的风尘，那是旅途难得的倚靠。

沈从文企图以自杀让自己埋葬在那段最艰难的岁月，可"事与愿违"，他还是有惊无险地度过了这场危机。经过药物的治疗和亲朋好友的疏导，他渐渐走出了内心那恐怖的阴影，生命渐次回归稳定。病愈出院后，沈从文接受了组织的考察，被安排到中央革命大学学习。

全国解放前夕党中央鉴于新中国成立必须要有自己的干部队伍去接收旧政府人员，所以在当时划分的各大行政区（东北、华东、西南、中南、华南、东北）先后成立了革命大学。中央革命大学又称华北人民革命大学，是如今中国人民大学的前身，是新中国成立后建立的一所训练各级各类干部的政治文化学校，校址设于北京西郊万寿山湖畔之西苑。

1950 年 3 月 2 日，沈从文进入华北大学，后随建制转入中央革命大学，成为中央革命大学研究班的一员。名为学习，实则接受政治改造。这个研究班的成员多是高级知识分子中的民主人士，创办的目的是通过学习，帮助这些从旧社会过来的知识分子，适应社会和时代已经发生的巨大变化，在政治上向新生政权认同回归。沈从文无疑是重点的

帮扶改造对象:

　　在这期间,听政治报告,学习各种政治文件,讨论,座谈,对照自己过去的思想认识,检查、反省、再认识,是学员们每天的课目。这些学习,将沈从文带进一个过去因隔膜而陌生的世界。恰如当年从湘西走入都市,两个世界构成的强烈反差,使精神不易取得平衡。他业已感到,自己过去几十年形成的对世界和人生的认识,已经为变化了的社会观念和社会人事所不需要,而对新的观念和现实的接受认同,只能是一个长期而艰难的课题……

　　这长达十个月的学习虽然枯燥,沈从文虽然面对新观念、新人事感到茫然若失,但是不得不承认,这短短的十个月在沈从文那几十年的艰苦岁月中显得是那样的安宁而弥足珍贵。学习之余,学校还经常举办舞会,丰富学员们的课余生活,但沈从文从来不参与,在北京这个大都市生活了将近三十年,他还是没有学会那些流离在灯红酒绿之中的交际应酬,只是喜欢在一天之余静静地坐在某个没有人打扰的角落,畅望着天际,哼几句湘西淳朴的民歌,"乡下人"的品性在此时成为心灵的主导。

　　对于有些人而言,时光能把他们的心雕刻成另一个模样:千疮百孔,许多曾经质朴纯净的东西在慢慢流失;而对于有些人而言,岁月的浪潮永远无法洗去他们灵魂的澄澈与圣洁,无论外界怎么改变,他们都保持着一颗超然物外的心,比如说沈从文。

　　过往的经历往往决定着一个人的交际范围。沈从文在"泥土"中长大,又长期在社会底层挣扎,湘西人流淌在血液里的质朴决定了他容易与劳动人民沟通来往,而与那些场面上的人无缘。在中央革命大学里,沈从文没有什么朋友,却唯独乐于和一个炊事员交谈。

炊事员是一个退伍老兵，长期的生活经历，使他对研究班这些学者、教授，保有一种情感上的距离。然而，沈从文帮厨时的那份兢兢业业的神气，对普通人所有的平易天真，诚恳、朴实的态度，却使他大为感动。时间一久，他就和沈从文成了好朋友。

气派、威严，这些字眼其实根本在沈从文身上领略不到，他自己也常以"乡下人"自居，平和与谦逊，是沈从文骨子里的东西。这种平易近人的"人格魅力"使得沈从文和炊事员越走越近，两人经常谈天说地，聊聊过往，叙说曾经。沈从文一有时间便来找炊事员聊天，两人经常坐在厨房旁边的草坪上，伴着漫天的繁星，遥望着万家灯火，交谈着各自的人生经历。沈从文很喜欢听炊事员讲他的行伍经历，炊事员曾经参加过卢沟桥保卫战。每当炊事员讲起这段过往时，沈从文就觉得他是个天生的"说书人"，能用一种朴素而又传神的语言把当初的过往说得那么生动感人，让沈从文感觉身临其境、如痴如醉。

在与炊事员交谈的过程中，沈从文感受到了生命的充实与欢愉，在他的那座"边城"里，住着的就应该是这样的一群人，有着人类善良、诚实、热情与爱的本性，他们的世界是由锅碗瓢勺组成，单纯而又简单，却有着生活的酸甜苦辣。

这时的沈从文虽然受到很多的批判与误解，可在他却没有丝毫怨言，国家和民族在他心里永远是第一位。在"革大"期间，沈从文突然收到了两年前即去了香港的表侄黄永玉的来信，向他询问新中国成立后国内的情况。黄永玉是中国著名的画家，尤擅长木刻。木刻是需要心和力交融的艺术，1948年，黄永玉为躲避内战专心从事创作活动，偕妻子来到香港，爱情的滋润使他迸发出了创作的艺术灵感，在香港渐有名气。新中国成立后，黄永玉想回到大陆为国家建设贡献一份力量，可对当前的政治形势又不甚了解，于是写信给自己的表叔沈从文。

沈从文收到来信后，立马给侄子回信，力劝黄永玉来北京，以平生之所学，投身于民族的文化事业建设。为了坚定侄子来北京的决心，沈从文有意掩盖了前不久自己自杀的那场危机，张兆和也只字不提，其实一年前黄永玉就听说过自己表叔自杀的消息，所以对大陆的政治形势产生了疑虑，但接到表叔言辞如此恳切的回信之后，立马返回大陆。后来黄永玉在文章中说：

我是个从来不会深思的懒汉。因为"革大"在西郊，表叔几乎是"全托"。周一上学，周末回来，一边吃饭一边说笑话，大家有一场欢乐的聚会……在那段日子里，从文表叔和婶婶一点也没有让我看出生活中所发生的重大变化。他们亲切地为我介绍当时还健在、写过《玉君》的杨振声先生。写过《莫须有先生坐飞机以后》的废名先生，至今生气勃勃、老当益壮的朱光潜先生，冯至先生。记得这些先生都住在一个大院里。

沈从文夫妇为了国家能多一个栋梁之材，隐忍了自己的委屈和苦衷，于是才成就了一个饮誉国内外的画家。在多年之后，黄永玉回想起这段充满温情的岁月，不禁写道：

1950 年，在中老胡同跟表叔表婶有过近一个月的相处。他才四十八岁，启蒙的政治生活使他神魂飘荡。每个星期从"革命大学"，他把无边的不安像行装一样留在学校。有一次，一进门就掏出手巾包，上头咬了一个洞，弯腰一看，裤子也是一个洞，于是哈哈大笑说：幸好没有往里咬。

一个不善于、也从不解释的男人，却是一个好丈夫、好父亲。在踏进家门之前，他会把在外面流过的泪都擦干，把受过的苦全都忘记，给自己的妻子、孩子呈现出最轻松快乐的一面。

这是真的快乐，一种圣洁的爸爸天赋的权利。

同时，沈从文还是一个闲不住的爸爸。

国家正处于百废待兴之际，自己却在这"悠闲地学习"，内心的一种难耐的焦渴在煎熬着沈从文，他迫切地渴望重新回到工作岗位中去。

可一连串的打击、日复一日的思想教育早已让这位"心灵"的作家完全没有了执笔的余力，沈从文不得不面对这样一个残酷而滑稽的现实：自己已然没有了写作的权力。一个作家最大的痛苦和悲哀也莫过于此了，还有什么能比这更让他揪心的呢？

终于有一天，沈从文实在憋不住了，"革大"的生活让他觉得在虚度光阴，他疯了似的跑去找负责研究班生活管理的那位解放军班长，说："请你去上面问一下，改造改造，要到什么时候为止？不让我做事就说明白。"那一刻，年轻的解放军班长望着沈从文坦诚的脸，忽然觉得这个年近五旬的老人像一个小孩子找不到妈妈一样，焦急无奈地快要哭出来了。

"我去向上级请示一下。"班长答应沈从文。

几天后，那位年轻的班长给沈从文带回来一个喜讯："问过了，上面仍然要你写文章。"犹如漫长的寒冬迎来了春日里的第一缕阳光，沈从文的心稍微有了些许暖意。可疑惑又瞬时涌上心头："出版社和各大报纸早已声明封杀了我，那我写的文章又如何发表出去？"沈从文意识到事情绝对没有他想象中的那么美好，现在的自己依然没有自由写作的权利，依然没有迎来自己期待中的春天。直到沈从文的工作正式转入历史博物馆，他的人生才开始绽放出另一片生机。

1950年12月，沈从文从"革大"毕业；然而，这位曾经的文坛大家如今却面临着"生死不明"的尴尬状况。原来在新中国成立后的三年中，政治上的打击造成了舆论上对沈从文的"封杀"，各大媒体报刊上既无沈从文的作品发表，亦无他本人相关消息，以至于出现海内外谣传沈从文或受折磨死去，或被关进监狱，或被强制劳改。沈从文本无心理会这些谣言，但为了消除不必要的麻烦，回答海内外亲友的挂念，1951 年沈从文发表了他新中国成立后的第一篇文章《我的学习》，其中写道：

这个检讨则是我这半年学习的一个报告，也即我从解放以来，第一回对于个人工作思想的初步清算和认识，向一切关心过我的，教育帮助过我的，以及相去遥远听了些不可靠不足信的残匪谣言，而对我有所惦念的亲友和读者的一个报告。

这是三年里唯一一篇发表的文章……孤零零地写在沈从文本该最高产的时光。

此时，沈从文的工作已经正式转入历史博物馆。

历史显然不想让这位文人就这样落寞下去，也许是知道沈从文在《边城》的顶峰之后再难以超越，所以选择让他在文学上歇歇笔；也许是明白沈从文在文物研究方面性之所近，所以上苍特意安排了之前的那一串打击。无论怎样，沈从文都注定将在另一个全新的领域启程，再次打造一座不朽的丰碑。

最开始，北京大学以韩寿萱为首筹备建立博物馆专业，沈从文凭着自己原有的文物鉴别知识，到处跑去为博物馆买文物。及至从四川"土改"回京后，他又被抽调去清理整顿北京的古董店。难以想象，当时北京有一百二十个古董店，沈从文亲自参与检查的就有八十九个，中国古代成百万的文化珍品从他手中经过。

这几个月和古董文物结缘的日子，极大地加深了沈从文对文物的鉴赏能力，同时获得了丰富的古文物知识，为他后来写《中国古代服饰文化》奠定了坚实的基础。更为重要的一点是，沈从文慢慢意识到：自己的生命与这些古代文物原不可分，由此也坚定了他改行的决心和信念。而恰恰此时，真正意义上的选择摆在了他的面前。清查北京古

143

董铺的工作结束后，何去何从的问题摆在了沈从文面前。要知道博物馆里的工作极其枯燥乏味，不如外面的世界那么热闹喧哗，只能和一堆永远安静的"老古董"相伴。当时馆里的人其实不少，光教授就有十三个，可几乎都想跳槽离开这里，馆长见大家心神不宁，不能安心工作，就征询大家的意见：如果不愿意留下来，可安排到别的单位工作；如果愿意留下来，有什么条件可以尽管提出来。此语一出，大家纷纷选择离开，只有沈从文，虽然有北京师范大学和中国人民大学的职位供他选择，可还是最终选择留了下来。而且只说了一句话："没啥其他要求，工资不要超过馆长，能给我工作提供方便就行。"

至此，与文学最终告别，后半生已定，新的征程正式起航！

最初，沈从文在历史博物馆的工作，是为陈列的展品写标签。可这时现实又和他开了个玩笑，各报刊居然有人主动开始和他约稿，不过沈从文却坚如磐石，不为所动。因为他知道，自己的年龄已难堪一心二用的负担，难得坚定的信念是不会被那些摇摆不定的诱惑所动摇，既然选择了远方，便只顾风雨兼程。谁也难以想象一个迟暮的老人在一种不做广告，不事声张，旁人乃至自己的亲人也迷惑不解，自身也在默默无言的状态中，开始向另一片天地艰难跋涉。当我们回首往事，便不能不惊叹生命所能创造的奇迹。

以后的每一天，沈从文都提前赶到博物馆门口，等候开门上班。无论寒冬腊月，无论严寒酷暑。那时北京人的记忆里或许有这样一个挥之不去的场景，每天清晨，天安门前一个稍能避风的角落里，蜷缩着一个五十出头的老人，穿着一件灰布棉袄，一边跺脚，一边将一块刚出炉的烤白薯，在两手之间倒来倒去取暖。天安门前过往的行人啊，谁也不会联想到这个落魄的身影会是《边城》的主人，勾勒出灵动湘西的男子。虽然馆里最先给他的工作是给文物写标签，可沈从文绝不会满足于这一种机械的操作，他在抄写的同时也对每一件文物加以仔细观察与分析，其中的人物服饰、家具器皿、风俗习尚、花纹设色、笔调风格，全被他充满兴趣地加以注意，铭记于心。年轻时那个博闻强记、乐此不疲的沈从文仿佛又回来了，他每天感慨的事情变成了时间不够用。为此，他更加简化了自己的生活，怕上上下下进进出出耽误时间，他中午从来不回家，早上在家里吃完早饭用手绢包两个烧饼就出门了，有时在记录材料时太过于聚精会神而被管理员锁在库房内。

岁月在每天的早出晚归中慢慢流逝，几年过去了，沈从文也成了文物史方面"富甲天下"的专家，毫不夸张地说当时在这方面还无人能出其右。更为难能可贵的是，沈从文对文物知识近乎贪婪地进取，却一丝一毫都不为获取名利，他只想尽平生之所学，为这个新生的国家、为这个饱受苦难的民族多做一些贡献，做一份实事，仅此而已，别无他求。在这片新的事业领域内，沈从文默默地耕耘着，耕耘出一篇篇学术论文，一部部专著——《唐宋铜镜》《战国漆器》《中国丝绸图案》《龙凤艺术》相继出版，哪一部不是当时乃至今日学术界的权威？当目睹他的成就之后，领导们又频频邀请他入党，而都被沈从文以"还不够资格"为名一一回绝。此刻的沈从文，只想守护博物馆的这一方净土，因为只有在这里他的心灵才能无拘无束，游刃有余。外面的世界太过于复杂，钩心斗角无处不在，他怕一出去就迷失了自己，又找不到生命的方向。

沈从文还利用博物馆拨给自己的经费买入了大量的文物，1963年"三反五反"期间还因他高价格购买文物而被当作浪费的典型例证，无奈又被叫去接受思想教育。其实只有沈从文知道这些文物的价值，在他心中，这些文物又何止千百块，它们全都是国家民族的无价之宝。任何的批判指责此刻对他来说都已无所谓，只要能好好保存这些文化珍品。文物研究在中国起步晚，底子薄，课题多，是一种筚路蓝缕式的开拓，发展状况远不能与一个历史悠久的大国地位相称，沈从文深深感受到在文物研究方面的急迫性。再加上听到周总理关于中国历史悠久却没有属于自己的服装博物馆的感叹，沈从文当即在领导的会意下着手《中国古代服饰研究的写作》，仅仅历时一年不到，1964 年春，一部包括二百幅主图及部分附图，二十余万研究说明文字的《中国古代服饰研究》初稿即告完成。并在沈从文的多次增补之下，于 1964 年冬付印，作为建国十五周年的献礼。

有的人就是这么纯粹而简单，不求名，不图利，只想踏踏实实地为国家尽一份力而已。可这简单的愿望有时都不能被社会所容忍，但无论怎样，历史都会为他们正名。

拂去历史掩埋真相的灰尘，随着记忆来到那个牛鬼蛇神横行的年代，当夕阳西下，篝火燃起，《摩阿兜勒》新声再度吹响的时候，我们会惊讶地发现，一个心灵驻扎在边城的五旬老人，告别了他钟爱的文学创作，一头扎进历史博物馆，成年在破旧的金、石、陶、瓷、丝绸之间转来转去，在一个全新的领域，在一个远离湘西世界的郊野，探寻那通向人类真实昨天的迷径。

从"革大"学习到 1964 年《中国古代服饰研究》发表，党和国家虽然还未为沈从文正名，但在那个风雨飘零的年代，沈从文度过了十余年还算安稳但极其充实的时光，最欣慰的莫过于他自己。

遗憾的是，新中国的历史即将进入最黑暗的一页，沈从文和他的文物研究，在接下来的社会风暴中，不可能不在劫难逃。

心泛涟漪终释手

如果我曾真的爱过你，那我就永远不会忘记；但请你原谅，我还是得不动声色地继续走下去。这里的"我"，是沈从文；这里的"你"，是他钟爱的文学。

对于一个文人来说，有两样东西永远不可抛弃，一是手中的笔，一是心中的爱。

时间回到1950年夏天的某个夜晚，沈从文的心中突然有了一丝悸动，一种渴望执笔的悸动。

从新中国成立以后到现在，身为作家的沈从文还没有发表过一篇文章。此时已没有一家报刊敢刊登他的作品，饱受一连串打击之后的沈从文也早已身心俱疲，无力创作。可1950年夏天的这个夜晚，他又燃起了写作的欲望，仅仅因为一个小小的炊事员。在中国革命大学学习改造的那段时光里，沈从文经常和那位炊事员谈天说地，在不知不觉中，老炊事员的精神和风貌激起了沈从文渐渐停歇的写作欲望。他想把听到的这个故事写下来，写下老炊事员的那个由锅碗瓢盆建构的世界，那个世界里驻扎着人类最本真的善良与热情。

久违了，那笔尖在稿纸上划过的感觉；久违了，那平凡生活中所带给的感动。

沈从文就这样从华灯初上写到了繁星满天，他想一口气写下这个让他心中泛起涟漪的故事，可突然一阵铃声响起，那是"革大"就寝的铃声。沈从文的心里忽然一怔，接着耳边分明响起了一个严肃的声音：

你这个不安分的乡下人，你可知道，你手中的一支笔已经过时，你所欲写的，对目前这个国家、社会，难道不是不仅无益，反而有害吗？你为何只醉心于与这个伟大时代不相称的人生琐屑？有那么多高大威武的形象你不去书写歌颂，为何偏偏要去写这个渺小而卑微的炊事员？

沈从文想着想着，手却不由自主地把稿纸揉成了一团，他紧闭着双眼，死死地握紧了纸团，然后无奈地松开，把它的生命终结在垃圾篓里。关了灯，拖着沉重的步伐，走向床边，缓缓地躺下，怎奈一夜无眠！

有些东西明知道无法割舍，却只能把它深埋在心中，沉静许久之后突然想起，也只是换来了一篇无谓的"叹息"：

经过学习，我业已认识到，自己过去习作中一部分，见出与社会现实的脱节。由情感幻异的以佛经故事改造的故事，发展成"七色魇"式的病态格局。以及《看虹录》《摘星录》中夸侈荒诞的爱情小说，再到解放前夕以抽象观念拼合起来说明战争——虽出于对和平的渴望，实为知识分子彷徨无主的心理反应。

究其原因，除了读书范围杂，以尼采式的孤立，佛教的虚无主义和文选诸子学，以及弗洛伊德、乔伊斯造成的思想杂糅外混合，全起源于个人与现实政治产生的孤立，过去只从历史认识政治二字的意义，政治与统治在我意识中即二为一，不过是少数人又少数人，凭着种种关系的权力独占。专制霸道，残忍自私是它的特征。辛亥革命后十余年的政局变动，更说明这个上层机构，实已腐烂不堪。我二十岁以前理会的政治，不过是使人恐怖，厌恶，而又对之无可奈何的现实存在。因此，产生了对一切政治的怀疑和不信任。而又以为文学与文化，宜属于思想领域而非政治领域。一切社会思想著作之所以引人入胜，使世界千千万万读者，能从中得到热情鼓舞，实由于这类作品，也是科学也是诗。不断扩大深入到世界上优秀思想家、艺术家、组织家，以及万万千千朴素年轻生命中，改变了世界面貌，形成人类进步的奇迹。这种对思想的倚重，一面是不明白流行在文学运动中"政治高于一切"对人民革命的意义，一面却承认共享共有的进步社会理想是哲学也是诗，一面对旧政治绝望，另一面对新的现实斗争又始终少认识，少联系。

……

经过在革命大学十个月的学习，对文学与政治的关系、集体主义与实践的重要性，有了新的理解。惟就个人认识，则《实践论》的伟大意义，却不在乎为扩大阐释此文件而作的无数引申，实重在另外万万人如何真正从沉默无言的工作实践中，即由此重生活的实践，检查错误，修正错误，一切离乎实践。

这是一篇政治检讨，取代了本该属于"炊事员"、属于文学的那篇文章，更滑稽的是，沈从文的这篇文采与态度兼有的"大手笔"检讨，竟然得了个倒数第一！

从昆明回到北京城，再到《中国古代服饰研究》的出版，在这期间沈从文似乎完全投入到了新的工作中，割断了与自己曾为之献身的文学创作的联系，醉心于中国古代文物的研究。

1953 年，全国第二次艺术工作者代表大会召开，沈从文以美术组成员的身份与会。沈从文原以为是一场对自己来说平平淡淡的会议，可没想到在会议结束后自己却受到了毛主席的接见，主席询问了他的工作和身体状况。

"最近怎么都没有你的消息了，你还可以写点小说嘛。"

沈从文没有回答，也突然不知道怎么回答，只是呆呆地望着主席笑，但他分明感觉到内心有一丝丝酸楚流过。沈从文并不想辜负主席的好意，但他此刻却有难言的苦衷。就在几个月前，沈从文突然收到上海开明书店的来信，信上说："你的作品已经过时，凡在开明的已印未印各书稿及纸型，已全部代为焚毁。"这一封信几乎就宣告了全国媒体报纸对沈从文作品的全面封杀，同时也浇灭了沈从文心里在文学创作方面最后的一丝希望。

可沈从文却从来不把这些苦衷说给别人听，哪怕是自己最深爱的妻子兆和，以至于引发了刚从香港回国此时正寄居在自己家里的表侄黄永玉内心的疑问：

说实话，我真不理解表叔怎么可以这么快就气定神闲地从事新的工作。他在博物馆目前的工作无非是为陈列的展品写标签，又无须用太多的脑子。但我为他那精密之极的脑子搁下来不用而深深惋惜。我多么不了解他，问他为什么不写小说；粗鲁的逼迫有时使他生气。

不仅是自己的表侄黄永玉，连同自己妻子在内的众多亲朋好友都对沈从文不写小说了感到十分地不解。就连一些老朋友约的短稿，他也照拒不误，常常以"过时了，过时了""避路让贤"的名义来搪塞，实在不行就直接"两手一拱，祈求放过自己"。

其实哪能真正地放下啊，那可是自己一生的挚爱，根植于血液和灵魂深处的情思。离开了文学的沈从文，还是大家所熟悉的吗？时至今日，国人一提起沈从文，首先想到的必定是他的《边城》，而他在文物研究上的巅峰成就《中国古代服饰研究》则鲜为人知。

这是一种不能言说的痛，只能沈从文一个人默默地忍受。每当巴金、郑振铎、李乔、张天翼来家里看望自己时，每当聊起文学上的问题时，沈从文就感觉自己离他们好远，好远……似乎成了一个"孤家寡人"。这时心里便有一份无从抑制的伤感，在挑逗着自己写作的欲望，然后在夜深人静的时候，煎熬挣扎着平息这个欲望，让那稍微荡起的涟漪重回平静。

其实，沈从文是怕了……

那些"桃红色"的字眼，那些"封建地主阶级弄臣"的话语至今还会在夜晚幻化成一个个接连不断的噩梦，在那惊醒的黎明提醒着沈从文不要去触碰那块禁地。

忍与等待，似乎成了唯一的选择。

不过在这过程中，曾经出现了一个极具诱惑的机会，沈从文差点就心动地重蹈覆辙。

1956年，毛泽东在中央政治局扩大会议上，正式提出在科学文化工作中，实行"百花齐放，百家争鸣"的方针，即艺术问题上"百花齐放"，学术问题上"百家争鸣"。此方针一提出后，学者和作家们都在观察，结果导致反响不大。随后毛泽东在1957年2月的最高国务院会议第十次扩大会议上，发表了著名的《关于正确处理人民内部矛盾》的讲话，再次强调"双百方针"，号召大家积极创作。一时间，文艺界变得空前活跃，出版界也迎来新的浪潮。

"双百方针"的提出，又重新点燃了沈从文那颗在写作中尘封多年的心，他这次真的心动了：

希望过些日子，还能重新拿起手中的笔，和大家一道来讴歌人民在觉醒中，在胜利中，为建设祖国、建设家乡、保卫世界和平所贡献的努力，和表现的坚固信心及充沛热情。我的生命和我手中的笔，也必然会因此重新回复活泼而年轻！

没有人知道，这其实是一场精心策划的"引蛇出洞"。"双百方针"鼓励党外民主人士给共产党提意见，同时也通过作品让对共产党有异议的党外人士以及反动派和阴谋家显示出来，是1957年反右斗争的前奏。

以沈从文的政治嗅觉，他不可能看出这背后的"真相"，也完全有可能出于真心诚意口头或书面弄出些意见来；而他之所以一声不响、有惊无险地渡过了这场危机，则是因为一个偶然的赌气。

"鸣放"期间，上海《文汇报》办事处开了一个在北京的知名人士的约稿或座谈的长长名单，请他们"向党提意见"，名单上，恰好著名演员小翠花的名字跟他隔邻，他发火了。他觉得怎么能跟一个唱戏的摆在一起呢？就拒绝在那名单上签字。

文人的高傲、对戏子的鄙夷让他失掉了"向党提意见"的机会，从而在以后不至于变成"向党进攻"的右派分子。其实是被他鄙夷的京剧大师小翠花救了他，可沈从文却还不知道。

随后，一场极不寻常的政治风雨席卷全国，无数提出"异议"的文人被划为右派。此刻的沈从文已经目瞪口呆，心中却极为后怕。但不管怎么样，沈从文还是平安地度过了这场政治危机，不过送走了1957年的春夏秋冬，也同时熄灭了沈从文重新执笔的热情。

在这期间沈从文唯一的执笔，可能还是那一封封书信，写给儿子，写给兆和。

1949年冬，张兆和从华北大学毕业，分配到北京师范大学附属中学任语文教员。这时的沈从文也因为文物研究的关系经常赴各地出差采购文物，期间难免有书信往来，这也是沈从文一直保持的习惯，只要和兆和一分开，他就会忍不住写信给她。

三妹，我似乎十分孤独却并不孤独，因为这一切都在我生命中形成了一种知识，一种启示——另一时，将反映到文字中，成为一种历史。

这时节船尾有上煤小船挨过，船上水手杂乱歌呼，简直一片音乐，雄与秀并，而与环境又如此调和，伟大之至，感人之至。

天渐入暮，山一一转成浅黛蓝，有些部分又如透明，有些部分却紫白相互映照，如有生命，离奇得很。更离奇之处即活在这个环境中人都如自然的一部分，好不惊讶，毫不离奇，各自在本分上尽其性命之理。

船又来了，蓬蓬蓬蓬的由远而近。

沈从文也只有在这种时候，才能离自己的文学很近，才会觉得自己依然是个"作家"。可能他不曾想到，这些书信会在若干年后，以《沈从文家书》的形式呈现在国人面前，让大家在字里行间之中体会他曾经有过的浪漫和才情，重温那段飘零在岁月中的往事。

看看这里的干部的生活简朴和工作勤苦，三妹，我们在都市中生活，实在有愧，实在罪过！要学习靠拢人民，抽象的话说来无用，能具体地少吃少花些，把国家的退还一半，实有必要。

就算是和自己的妻子通信，沈从文也极少唠家长里短，这个新生的国家在他心中永远占据着第一位，不管这个国家曾经带给过自己多少辛酸与泪水。

沈从文也常给自己的儿子写信，无论他怎么忙，他都始终牵挂着这个家，没有忘记自己是一个父亲。

致沈虎雏

1951 年 12 月 16 日　内江

　　虎虎：

　　……

　　北京一定很冷了，你们上学大致都用得着手套骑车。还有什么会出席没？龙龙忙不忙？妈妈学习到什么情形？你为我做好小凳子没有？这里用竹编做的方凳子，实在合用，好看，可惜不容易带回。

　　……

　　就在那一句句嘘寒问暖之中，沈从文传达着自己对孩子的关心和思念。

　　或许，沈从文频繁写信的一个原因，就是太渴望执笔，他怕有一天连自己都淡忘了：沈从文原来是个写小说的人。

　　黄永玉在他的《这些忧郁的碎屑》里说："从文表叔的决心下得很蕴藉，但是坚决。三十多年来，只有过一篇回乡的短短的游记。其余的就是大量的有关文物考古的文章，不过仍是散文诗似的美。"

　　沉浮不定的流年会叫人变得成熟，叫人学会放下以前认为必然相伴一生的东西，哪怕那些不易舍去的过往会在某个布满星辰的深夜在内心翻滚跳跃，但我们仍会狠心释手忘却。

碧落黄泉随君去

　　如果说新中国的成长史是一本情节跌宕起伏的书，那么"文革"就是这本书最为黑暗的一页。

　　有人曾经说沈从文是"政治上无知"，这不是太坏的贬词，可能还夹带着一点昵称的味道。从即将到来的政治风暴来看，这种评价无疑是正确的。只可惜这些人在历史的嘲讽中却忘了自己，在"文革"期间，"政治上的无知"已成为一种通病。清醒也好，糊涂也罢，每个人都在被动或主动中患上了这种病，而且只有时间才能治愈，即使活下来亦颇不易。

　　1965年11月10日，姚文元在上海《文汇报》发表了《评新编历史剧〈海瑞罢官〉》一文，在江青等人的组织策划下，揭开了"文化大革命"的序幕。1966年2月初，中共中央政治局委员兼北京市委第一书记彭真召集"文化革命"五人小组开会，起草《关于当前学术讨论的汇报提纲》，试图对学术批判中已经出现的"左"的倾向加以适当约束，但在5月16日被批判撤销；8月1日至12日，党的八届十一中全会召开。会议期间，毛泽东写了《炮打司令部——我的一张大字报》，提出中央有一个资产阶级司令部，矛头直指刘少奇、邓小平；8月7日，中共中央通过《关于无产阶级"文化大革命"的决定》

（即"十六条"），明确规定这场革命的对象是"党内走资本主义路线的当权派"和"资产阶级反动学术权威"。至此，一场轰轰烈烈的"文化大革命"全面展开，并且迅速席卷全国。

"牛鬼蛇神"横行霸道的时代宣告来临……

或许因为时代的久远，我们难以领略这场"革命"有多么恐怖，但看到下面的一些事实罗列，你就会觉得触目惊心，令人发指。

1966年，"人民文学"作家老舍因不堪"文革"中恶毒的攻击和迫害，被逼无奈之下含冤自沉于北京太平湖；1968年，老舍获诺贝尔奖提名，且获投票第一，但由于老舍已不在世，遗憾颁发给岛国的川端康成，让中国人第一次获得诺贝尔文学奖的时间整整推迟了四十四年。

1967年至1968年，武斗开始，群众内部残杀死亡超过五十万人，如果这个数字还不够震撼的话，你可以联想到南京大屠杀那震惊世界的三十万死亡数字；而且别忘了，我们国家刚刚从战争中缓过来。

1967年8月4日，上海工人革命造反司令部调动十余万人攻打上海柴油机厂革命造反联合司令部，由此爆发上海有史以来最大规模最血腥的武斗。

……

这些冷冰冰的数据记录的不仅是历史，还有那一条条在鲜活中悲惨逝去的生命。

盲目地崇拜在此时的中国达到了顶峰，在"革命"旗帜下包裹着的极"左"思潮，以排山倒海的气势迷乱了人们的理性，个人思考成为一种稀有的思维活动，权威压倒了真理，一切都被怀疑；"莫须有"的罪名已成为打压一个人的常规武器，不需要任何法律依据的打、砸、抢、逼随处可见……一切都来得那样让人触不及防，很多人还没有明白过来就发现自己已身处牢狱。

至于沈从文，则首当其冲。

能逃脱这样的命运，最后，对他曾经有知遇之恩的齐燕铭成了批判对象，仅仅因为几年前齐燕铭向周恩来总理建议由沈从文来担任《中国古代服饰研究》一书的写作。如果有谁能记起二十多年前发生的事，便会发现历史原来是这样的滑稽善变。

1943 年，齐燕铭主持创作新编评剧《逼上梁山》，任导演并在其中饰演林冲一角。这部历史剧也被视为延安"旧剧革命"的先声。对于这部剧，毛主席还曾亲笔书函予以高度评价，在信中毛主席这样说道："看了你们的戏，你们做了很好的工作，我向你们致谢，并请代向演员们致谢！历史是人民创造的，但在旧戏舞台上（在一切离开人民的旧文学旧艺术上），人民却成了渣滓，由老爷太太少爷小姐们统治着舞台，这种历史的颠倒，现在由你们再颠倒过来，恢复了历史的面目，从此旧剧开了新生面……"而在二十多年后，这位历史曾经的"歌颂者"却背负着和沈从文一样的罪名——"鼓吹帝王将相，提倡才子佳人"。1967 年 12 月，《人民日报》刊登了批判齐燕铭的多篇文章，如《齐燕铭是封建主义文艺狂热的鼓吹手》《揭穿齐燕铭的"三者并举"剧目方针的反动实质》等，后来齐燕铭被监禁在北京卫戍区长达七年，直到 1979 年才彻底得到平反。无论你曾经有过多少荣耀，在这个黑白颠倒的年代，都可能被一群人按照"现实"的逻辑打入万丈深渊。

曾经的革命者，可能就在今天被人"革命"，这是一出闹剧，不过是用血写成的…… 这出闹剧的舞台上有几个得意扬扬、面目狰狞的小丑，但更多的是摇尾乞怜的普通民众。

不过沈从文在这场"腥风血雨"面前，表现得倒是异常的平静，连自杀的苦难都经历了，还有什么是不能平常看待的呢！不过最让他牵挂的还是兆和，早在 1953 年兆和就因为劳累过度患上了肋膜炎，沈从文现在格外担心远在武汉咸宁的妻子，不知道她能否挺过这场灾难。

不过幸好，命运的安排让他们很快就相聚一地。

沈从文原本在博物馆里负责拔草和打扫厕所，平时和其他被批斗的人一样学习《毛主席语录》，唱"混蛋歌"。1969 年 11 月，沈从文作为三户老弱病残职工之一，也被下放到湖北咸宁。

兆和，我们十一点多到了目的地。天晴无风，我坐的又是前面，过咸宁后，路即平坦宽绰，丘陵区小山起伏……

沈从文一来到咸宁就迫不及待地给兆和写信，想把路上的一点一滴都说给她听。

我已于二十八把被盖等等搬过这里的高地小学校，占了一间房子，很明亮，只是湿了一些。

……

高地四望，景物极美，平田尽出是大小相重叠，春来一片青色，房屋较五连整齐高大，一律黑瓦白墙，远近马尾松相衬，令人爽心悦目，只是离水已远，近处只一处水塘，如五七水塘一般。

沈从文信里的世界和日常的生活一样平淡，即使是写信给自己的结发妻子，也不会聊一些俗世的情情爱爱，但字里行间里却蕴藏着整个世界。用诗化的散文语言来给自己的妻子写信，这是属于沈从文式的浪漫。他的爱，在那一山一水之中，在那一草一木之间。

1970 年沈从文被安置到咸宁安溪后，本想时不时去看望兆和，照顾一下她，却不曾料到自己这一年两次重病。沈从文年近古稀，此时正处恶劣的环境，因此诱发了原本就有的心血管系统的疾病，而且病得不轻。张兆和闻讯后心急如焚，马上向自己的上级请假，前往照顾自己的丈夫。

在妻子悉心的照料下，依靠药物的治疗和坚忍的意志，沈从文终于战胜了病魔，康复出院，返回双溪。那段日子，沈从文虽然经受着身体上的煎熬,可他的内心,却洋溢着满满的爱。张兆和经常搀扶着他,漫步于深秋的微阳下,说说笑笑,畅谈着往事,品味着"夕阳无限好"。

　　夕阳下,两个古稀老人相互依偎的身影,拉长,定格在天际……

第六卷

嗟余只影系人间

迟暮躬耕不怨贫

"文革"期间，沈从文就像一个陀螺，身不由己地四处旋转着，从北京到双溪，到丹江，再回到北京，两年内搬了六次家，先后大病了三场，多次险些丧命。一个天真的文学家，被政治摆布得团团转，毫无招架之力。

单纯的沈从文从未理清这场民族浩劫的来龙去脉，他只是纳闷世界竟何以突然变得如此之乱。他同那时的诸多群众一样，被假象所蒙蔽。

似乎是上天的眷顾，晚年的沈从文在体力和精神上，竟有了一种非同一般的表现：不知饥饱，不觉疲累，工作得心应手。

然而，回到北京后，虽然沈从文工作精力充沛，但在生活上，一家人却难以为继。离开北京时，在东堂子胡同的三间房子只剩了一间，此时连仅剩的一间也被人当作"战利品"而接管了，在兵荒马乱中，这样鸠占鹊巢的事早已屡见不鲜。沈从文费了不少口舌才好不容易把那间破屋子要了回来。可是狭小的房子比以前的"窄而霉"更窄更霉，简直无法居住，更别说腾出地方来开展研究工作了。

几个月后，历史博物馆终于派人前来同沈从文商议住房问题。考虑到沈从文如今的住处实在寒酸，而馆中条件又有限，他们就问沈从文能否搬到黄化门住。在得知那里的房子比较宽敞时，沈从文却说不需要这么照顾自己，只需把从前的房子要回一间就可以了。而工作人员说要回原先的房子比较困难，沈从文非得搬家不可了。

见沈从文执意不肯离开，工作人员也懒得多说，转身告辞了。

想到自己勤勤恳恳工作了一辈子，到头来竟然连房子也保不住，害得兆和此时还身在湖北回不了家，沈从文只能暗自神伤。

为了回京照顾沈从文，张兆和只好提前办理了退休手续，放弃工作。得知久别的妻子终于要回来了，沈从文又是欣喜又是心酸，欣喜的是久别的重逢，心酸的是无处可住。万般无奈的沈从文只好给李季写信，请求为张兆和安排住房。李季派人了解情况后，将小杨宜宾胡同的两间房子给了张兆和，一间作为卧室，一间堆放杂物。两间屋子加在一起不过区区二十个平方，却是夫妻二人的救命稻草。而原先在东堂子胡同剩下的那一间房子就成了沈从文的"飞地"，是他进行文物研究的工作场所。

至此，两人终于在北京有了一起的住所。

随后，历史博物馆一位副馆长向沈从文转达了国家文物局的意见，说他在"文革"前编写的那本古代服饰研究的著作，领导非常欣赏，值得重印，希望他重新校对。

得知这一消息，深受鼓舞的沈从文立即投入了《中国古代服饰研究》的编写和修改中去，他将被搁置了八年的相关服饰研究书稿取回，夜以继日地仔细校对，不出一个月就截了稿。谁知稿子仍旧是一去而杳无音信，根本无从出版。

此时得知沈从文回京，当日的老助手王㐨立即跑去看望他，并主动帮忙进行研究服饰研究，另一位女青年王亚蓉也一道前来帮忙，她答应为沈从文描摹文物图像。

朋友们的帮助给了沈从文莫大的鼓舞，他带领着他的小组成员在他的"飞地"上一丝不苟地工作着，再也不去理会能不能出版的事，整个房间都贴满了经过选择描摹出来的图像。

　　前来拜访的亲戚朋友都不解地问沈从文："你做这些有什么用呢？国家给了你什么？"

　　沈从文却总是笑而不答。他又何尝不知道再怎么整理这些东西，他的生活也未必会得到改善，国家也未必会重视他的研究，但要他放弃他多年来执着追求的梦想是不可能的。他已然知道在文学史上自己已经难以再留下弥足珍贵的作品了，因此至少要在文物研究方面做出一些贡献，留下一些有意义的东西。

　　支撑沈从文坚持工作下去的，并不是眼前的利益，而是他高悬于内心的信仰。作为一位七十三岁高龄的老人，沈从文知道留给自己的时间已经不多了，虽未到行将就木的地步，但身体随时可能发生故障，所以他急切地想在有限的光阴里再发出一些热量。诚然国家面临的困境让沈从文感到迷惘和心痛，黑暗时不时笼罩着这片土地，侵袭着社会的方方面面，但此时他已无暇去弄清这些混乱和黑暗的来龙去脉。他很明白，自己唯一能做的就是跟时间赛跑，将自己近二十年所学的知识系统地呈现出来，给后继者提供几分便利。这是一个知识分子的信仰和坚持——哪怕在这个国家，在这个不断前进的历史潮流中，自己显得那样多余。

　　当时"批儒评法"运动正在沈从文所属的历史博物馆中轰轰烈烈地进行，一天，博物馆的"大批判专栏"里出现了一套歌颂"商鞅变法"的组画，画中商鞅手持着佩剑，高昂着头，旁若无人地踏上金銮宝殿。沈从文十分生气，找到了作者质问："秦制那样厉害？臣子如何能佩剑上朝？"

　　作者却一脸不屑，淡淡地说了句："那有什么，我负责。"

　　"这不是谁负责的问题，我们是博物馆，出现这种低级错误，会被人笑话我们无知的。"

　　"你早就过时了！要是照你这么小心，那就什么也干不成了！"那人一副长者教育后进分子的姿态对沈从文说。

沈从文只好默默走开了。他纳闷，自己一心搞创作，不问政治，却被利用，被批斗；如今退而管文物，恪尽职守，又被人说过时。他不知道是自己错了，是别人错了，还是时代错了。

从湖北回来时，疲惫不堪的张兆和已经非常瘦弱，急需休息调养，可是住在拥挤不堪的小房间里，家中还不时有访客上门，而且又经常是丈夫和同事们的工作场所，她时常不得安宁。因此两人难免发生口角，各自心里都十分不好受。

看妻子如此难熬，沈从文只得多方写信求助，希望能帮忙找个更加宽敞的住所。他在给革命历史博物馆副馆长的信中直言："就因为赶工作，家中六十五岁的老伴，为此闹不和，发展下去（可不是笑话！），要工作，似乎真只有离婚不可。"另外，他又给自己以前的学生写信，甚至向邓颖超求助，但都没有得到期望的结果。

求助无果的沈从文只得向张兆和道歉，请她再忍耐忍耐。怕自己嘴笨的沈从文又开始写起了信：

小妈妈：

万望不要生我的气！从年龄说，我们都已进入真正老境，尽管彼此精神情绪以至于工作能力，都还十分健康，要好还来不及，那宜于为一些小处而难受生气！你的话，不是不对，是"语重心长"，值得铭刻于心上。可是主要还是近于怕事、自保，求在社会大变动中，不受意外冲击而言。出发点也并不错。这些打算、估计是合乎情理，而十分自然的。你可不大明白"受冲击"，若真的始终完全出于一般群众的自发，和上一次那么"倏然而来"，今后或许也会在短短的时间中，遭遇到这些不幸，十分自然。但即使如此，经过了那大一回教育，我们还不是比起所有熟人来，只算得是最小最小的困难吗？

……

我对社会积极方面的好影响，比你"张铁人"可能大些些。但没

有你对我的深刻理解，与充分合作，原谅，容忍（也基于理解而来），以至于欣赏支持，我又哪能在工作上，毫无后顾之忧，工作中取得出人意外的进展，甚至于出你意外的进展？

……

万望对我少操心，不宜在小事上生气！生活方面本来并不特别高，也不必听人说没有你照料就过不了日子，你就感到难过。而又总以为在服侍我，我若当真不会照料自己，哪能活到七十多岁，还不比卅岁的人，更显得青春气如此旺盛，手脚又还如此灵便，而头脑又还如此得用？

……

我正在恢复我的工作能力过程中，还要从你对我工作意义的理解，来关心它种种进展情形，才可望保持更加强工作能力和信心。这比三月不理发重要得多！

为了缓和矛盾，沈从文独自搬回了东堂子胡同的"飞地"中，让张兆和独自一人留下，从此两人开始了长期的分居。

"飞地"距他的住处有两里多地，沈从文得每天在两地往返多次。不管是春夏秋冬，认识沈从文的人每天总会见到他提着个竹篮子从家里出发，带着两餐饭，赶到他那块"飞地"上去。到夏天天气热时，大家担心他带去的饭变馊，吃了会害病，他却一脸得意地说他有办法。而这所谓的办法，就是在饭前先吃两片消炎片。

无节制的工作使年迈的沈从文再次病倒了，他左眼黄斑出血，下笔已难分轻重，血压一度升到 220。先前还对自己的精力和身体抱有很大信心的老人此时终于感到时不我待，自己终究是老了，他在给友人的信中多次担心自己已经无法完成努力了多年的工作。

1976 年，周恩来病逝。沈从文手握着一张特别通知，到医院向总理遗体告别。

面对总理的遗容，沈从文难掩内心的悲伤。他忘不了周总理对他的一次次亲切接见和鼓励，他也为国家和民族失去了总理的命运所担忧，更因没有及时将《中国古代服饰研究》一书奉送给总理而懊恼。在那个时代，任何一个瞧得起自己的人，尤其是领导人，都弥足珍贵。

1978 年，荒芜实在看不下沈从文夫妇分居的局面，便写下一首诗送给他们：

> 边城山色碧罗裙，小翠歌声处处闻。
> 我论文章尊五四，至今心折沈从文。
> 能从片楮认前朝，一史修成纸价高。
> 文物千秋谁管领，看君指授失萧曹。
> 新从圆领证唐装，老认天门上敦煌。
> 万卷书加万里路，自应选作探花郎。
> 对客挥毫小小斋，风流章草出新裁。
> 可怜一管七分笔，写出兰亭醉本来。
> 漫言七六老衰翁，百事齐头并进中。
> 夜坐空庭觇织女，鹊桥何日驾南东？

这首诗被一位女记者看到后，她抄了一份打算回去发表。沈从文急忙致信荒芜阻拦：

世事倏忽多变，茌平守常，在人事的风风雨雨中，或可少些麻烦。如能争取三几年有限时间，使住处稍稍宽绰些，能如某熟人了某某的毛房，可以摊开材料，招待收尾、在进行的十来个范围较小的文物专题逐一完成，结果能达到新社会"合格公民"资格，得到个"不是吃白饭的工作干部"鉴定，就够好了。君尚存任何不现实的奢望，恐随之而来的将是意外灾星，实招架不住。

可是太迟了，诗歌先后在上海《文汇报》、香港《文汇报》和纽约《华侨日报》发表。诗歌反映的情况引起了社科院领导的重视。

1978 年，为了改善沈从文的工作环境，在院长胡乔木的安排下，沈从文从历史博物馆调到中国社会科学院历史研究所，王序和王亚蓉也一并过来，继续担任沈从文的助手，三人组成了一个新的研究室，并被安排住进了北京西郊的友谊宾馆，进行《中国古代服饰研究》最后的校订工作。

1979 年 1 月，这部倾注了沈从文的全部心血和期望，经历了十六个年头磨难的著作终于完成。

第二年，社科院给沈从文夫妇分配了一套三十六平方米的新居，老两口终于结束了漫长的分居生活。

沈从文在 1983 年的作品《无从驯服的斑马》中这样总结自己：

就我性格的必然，应付任何困难，一贯是沉默接受，既不灰心丧气，也不沉吟哀叹，只是因此，真像奇迹一样，还是仍然活下来了。体质上虽然相当脆弱，性情上却随和中见板质，近于"顽固不化"的无从驯服的斑马。

大洋彼岸叙温情

对沈从文的重视来得太迟，太艰辛。《中国古代服饰研究》脱稿后，一大堆国外的出版商得知消息后纷纷前来商谈，希望以高报酬获得此书的出版权。

沈从文却给中国社会科学院副院长梅益写信说："我不愿把我的书交给外国人去印。文物是国家的，有损于国格的事，我不能做！"呕心沥血研究本国的传统文化，希望能成一家之言，为后世图便利，却在本国受到冷落乃至嘲讽，反倒是国外的出版商窥见了此书的价值，前来献殷勤。1975年，美国学者金介甫因在纽约唐人街搜寻未果，便来到大陆寻找沈从文的著作，得到的回答却是"沈从文是个资产阶级，谁敢读他的书？"一个所谓爱国学者和文人的悲哀，莫过于此；对自己传统文化不屑一顾，对自己的精英不屑一顾，他国前来争取时也不懂得守护，一个民族和时代的悲哀，也莫过于此。

好在梅益还是接受了沈从文的建议，将书稿交付商务印书馆香港分馆出版。

1981年，八开本，装订印刷精美，沉甸甸的《中国古代服饰研究》终于问世，并迅速引起国内外学术界极大重视。这部著作研究探讨了中国自殷商到清末各个朝代、绵延几千年的服饰文化，是我国服饰研

究史上的一座丰碑。

胡乔木在信中这样评价：“以一人之力，历时十余载，几经艰阻，数易其稿，幸获此鸿篇巨制，实为对我国学术界一重大贡献，极为可贺。”

与此同时，沈从文前半生的文学创作也逐渐在海内外引起广泛的关注。这距离他当年书稿被焚已经三十多年。首先发现沈从文作品价值的是海外的汉学家们。

早在 20 世纪 20 年代，沈从文的作品就已经被翻译到了日本；20 世纪 30 年代，斯诺所选编《活的中国》中收入了沈从文的短篇《柏子》；20 世纪 40 年代，金隄和英国人白英合译的沈从文作品集《中国土地》收入《灯》《三三》《月下小景》《一个大王》《边城》等作品。

随后由于夏志清《中国现代小说史》和司马长风《中国新文学史》的出版，将沈从文列为现代文学史上的大家，他的地位才获得显著的提高。从此，有关沈从文的研究著作、传记、评传等纷纷出版，西方文学界甚至开始提名沈从文为诺贝尔文学奖候选人。

1980 年，应美国文学和学术界之邀，沈从文以中国著名作家和文物研究家的双重身份，偕夫人张兆和乘飞机赴美访问讲学。

到达美国后，两人住在傅汉思和张充和夫妻二人家中，那一天，傅汉思的日记中只写了一句话：“等了三十年的一个梦，今天终于实现了。”每天沈从文不是有客人来访，就是应邀外出作客讲学。他的来访受到美国学界的热烈欢迎。在东部访问期间，《海内外》杂志特地刊出了欢迎沈从文来美访问的专号；哥伦比亚大学、圣若望大学等知名学府先后邀请沈从文前去讲学，其中哥伦比亚大学贴出的海报中称其为“中国当代最伟大的在世作家”。

下面是沈从文在哥伦比大学的演讲：

当时清华是最有前途的学校，入学读两年“留学预备班”，即可依例到美国。至于入学办法，某一时并未公开招考，一切全靠熟人。

有人只凭一封介绍信，即免考入学。至于北大，大家都知道，由于当时校长蔡元培先生的远见与博识，首先是门户开放，用人不拘资格，只看能力或知识。最著名的是梁漱溟先生，先应入学考试不录取，不久却任了北大哲学教授。对于思想也不加限制，因此陈独秀、胡适之、李大钊诸先生可同在一校工作。不仅如此，某一时还把保皇党辜鸿铭老先生也请去讲学。我还记得很清楚，那次讲演，辜先生穿了件绌色小袖绸袍，戴了顶青缎子加珊瑚顶瓜皮小帽，系了根深蓝色腰带。最引人注意的是背后还拖了一条细小焦黄辫子。老先生一上堂，满座学生即哄堂大笑。辜先生却从容不迫地说，你们不用笑我这条小小尾巴，我留下这并不重要，剪下它极容易。至于你们精神上那根辫子，据我看，想去掉可很不容易！因此只有少数人继续发笑，多数可就沉默了。这句话给我留下十分深刻的印象。从中国近五十年社会发展来看看，使我们明白近年来大家常说的"封建意识的严重和泛滥"，影响到国家应有的进步，都和那条无形辫子的存在息息相关。这句话对当时在场的人，可能不多久就当成一句"趣话"而忘了。我却引起一种警惕，得到一种启发，并产生一种信心：即独立思考，对于工作的长远意义。先是反映到"学习方法"上，然后是反映到"工作态度"上，永远坚持从学习去克服困难，也永远不断更改工作方法，用一种试探性态度求取进展。在任何情形下，从不因对于自己工作的停顿或更改而灰心丧气，对于人的愚行和褊执狂就感到绝望。也因此，我始终认为，做一个作家，值得尊重的地方，不应当在他官职的大而多，实在应当看他的作品对于人类进步、世界和平有没有真正的贡献。

其实当时最重要的，还是北大学校大门为一切人物敞开。这是一种真正伟大的创举。照当时校规，各大学虽都设有正式生或旁听生的一定名额，但北大对不注册的旁听生，也毫无限制，因此住在红楼附近求学的远比正式注册的学生多数倍，有的等待下年考试而住下，有的是本科业已毕业再换一系的，也有的是为待相熟的同学去同时就业的，以及其他原因而住下的。当时五四运动著名的一些学生，多数各已得到国家或各省留学生公费分别出国读书，内中俞平伯似乎不久即回国，杨振声先生则由美转英就学，于三四年后回到武汉高等师范学校教书，后又转北大及燕京去教书。一九二八年至一九二九年时清华大学由罗家伦任校长，杨振声任文学院长，正式改清华大学为一般性大学，语文学院则发展为文学院。

但去过了这么多学校讲学，沈从文却从来不记得自己去的是什么学校，见的是什么人，一切全凭四妹夫的安排。一次演讲完后，沈从文在回去的路上突然问："刚才去的是什么大学呀？"大家全愣了："你连什么大学都不知道，还一口一个'贵校美术馆如何如何'？"

在西部访问期间，美洲《华侨日报》《时代报》《太平洋周报》和《东西报》都多次发出新闻稿，沈从文也先后到斯坦福大学、加州大学伯克利分校和旧金山州立大学演讲。

许多大陆前往国外演讲的文人、艺术家，往往都会详细提到自己在"文革"期间遭遇的种种迫害，但沈从文却很少主动提到他在"文革"中的经历，这是令许多国外朋友惊异的地方。沈从文当然知道，有些听众可能更感兴趣于他的曲折经历，期待听到他的受难"证词"。可是他没有去迎合这种心理，只讲自己真正想讲的东西。11月24日在圣若望大学讲《从新文学转到历史文物》时，最后他平静而诚恳地说：

许多在日本、美国的朋友，为我不写小说而觉得惋惜，事实上并不值得惋惜。因为社会变动太大，我今天之所以有机会在这里与各位谈这些故事，就证明了我并不因为社会变动而丧气，社会变动是必然的现象。我们中国有句俗话说："塞翁失马，焉知非福！"在中国近三十年的社会变动情况中，我许多很好很有成就的旧同行、老同事，都因为来不及适应这个环境中的新变化成了古人。我现在居然能在这里很快乐地和各位谈谈这些事情，证明我在适应环境上，至少作了一个健康的选择，并不是消极的隐退。特别是国家变动大、社会变动过程太激烈了，许多人在运动中都牺牲后，就更需要有人顽强坚持工作，才能留下一些东西。在近三十年社会变动过程中，外面总有传说我有段时间很委屈、很沮丧；我现在站在这里说笑，那些曾经为我担心的好朋友，可以不用再担心！我活得很健康，这可不能够作假的！我总相信人类最后总要爱好和平的，要从和平中求发展，得进步的，中国也无例外这么向前的。

可见，沈老并没有对不公的遭遇选择怨恨，也不主动袒露所受的伤痕，而是选择了乐观与宽容。他相信时间，时间可以克服一切。

首次出国的沈从文还在饮食上闹出了笑话。一次沈从文夫妇在赴一个考究的宴会时，还没坐定，沈从文便客气地对主人说："菜不要多，两三个就好了！"张充和听了，扑哧一笑，说："你连主食副食才一盘呢！还想要两三个菜，真是想得美！"得知沈从文说了什么后，在座的外国人都哈哈大笑。

沈从文访问的最后一天，旧金山东风书店——全美规模最大的中文书店安排了沈从文与读者们的见面。当时书店正好在举办"白先勇作品周"，在美国南部任教的白先勇得知沈从文来到旧金山，直接抛下工作，赶往东风书店拜访，于是两人一同在书店会见了读者。两人受到了广大海外读者的热烈欢迎。

而此时，身在大洋彼岸的沈从文家属和朋友们却急得团团转。原来，在东部访问期间，有一次一名台湾某报社的记者问沈从文愿不愿意去台湾。

沈当时则回答："我在台湾没有亲戚，那里也没有我做的事，我没有这样的打算。"

谁知他的回答却在被公开发表时严重地歪曲了，引起了大陆上层的严重不安。

正在与读者见面的沈从文接到一封由中国驻美大使馆转来的电报，电报由中国社会科学院领导署名，对沈从文的访问表示慰问。沈从文得知是由于自己的讲话被歪曲报道而引起北京的担心后，心里掠过一丝恐慌。

在此之前，商务印书馆香港分馆已排出《中国古代服饰研究》的清样，并邀请沈从文在结束对美访问后顺道在香港停留一阵子，以便进行亲自的检查。而收到国内的电报后，沈从文与张兆和都觉得在这种情况下去香港不妥，为了避免不必要的误会，两人决定取消香港之行，直接返回北京。

虎雏得知消息后便高兴地转告了社科院的领导，大家这才放心。可怜沈从文一心钻研学术，以求报效社会祖国，却到了垂暮之年还一直被怀疑。

2月8日，沈从文、张兆和由旧金山飞赴檀香山。在夏威夷大学，沈从文做了访美的最后两次演讲，由马幼垣担任翻译。15日，离开檀香山，飞往东京十七日，由东京转机回到北京，结束了在美国的访问，回到了他一厢情愿热爱着的祖国。

在这片沉重的土地上，他将继续燃烧发光，画完自己最后的人生轨迹。

空余魂魄来入梦

对晚年的沈从文来说，生活太酸，太苦。究竟是什么原因使得沈从文这样受冷落、这样倒霉？究竟是什么原因使得作家一旦和沈从文接近就是"小资产阶级"？一旦文风和沈从文接近就是"自然主义"、就不是"无产阶级的'人生哲学'"？

沈从文能答得出这些问题吗？林斤澜说沈从文当然能答得出。他的脑袋一直清楚着。包括后来到美国怎么答记者，包括怎么看待胡耀邦给他副部长生活待遇。但他后半生的苦楚实在太大太大。林斤澜说："大约去世三年前，一位女记者问起先生'文革'时的情形。先生说：我在'文革'里最大的功劳是扫厕所，特别是女厕所，我打扫得可干净了。女记者很感动，就走过去拥着他的肩膀说了句：您真的受苦受委屈了！不想先生突然抱着女记者的胳膊，号啕大哭起来，很久很久。"去世那一年，林斤澜和汪曾祺常去看望他，沈从文木然，看电视一看就是半天。有时忽然冒出一句话：

"我对这个世界没什么好说的！"

听了这句话，林斤澜倒吸一口气。

当被问到怎么理解这些时，林斤澜曾大声说：

工具论！工具论！这是从苏联那里来的，布尔什维克，斯大林，要求每个人都是"螺丝钉"，都是工具。是工具你就不能有主观意志。作家更是如此。你要听话，你要配合政治，你要配合各种方式的运动，你还要有时刻牺牲自己的准备……而沈从文是个什么样的作家呢？他拜美为生命，供奉人性，追求和谐。他投奔自然，《边城》的翠翠就是水光山色，爷爷纯朴如太古，渡船联系此岸和彼岸，连跟进跟出的黄狗也不另外取名，只叫作狗。他的学生汪曾祺复出后，走笔生命健康，生活快乐，人性人道，师徒一脉相承……你看你看，人性人道，这怎么是"螺丝钉"呢？这怎么是驯服的工具呢？怎么好残酷斗争无情打击呢？这就矛盾了，而且是非常厉害的矛盾，是绝对不能容忍的矛盾！

前面提到沈从文夫妇在社科院的帮助下分得了一套三十六平方米的新居，从而结束了长期的分居生活。然而新居坐落在北京市区的交通要道边，街上每日车水马龙，喧嚣声日夜不断，环境极其嘈杂。居住在此，身体本就欠佳的沈从文经常无法专心工作，也无法好好入睡，因而感到身心疲惫，此后三年间在这里动笔的多篇文稿都没有写完。

1982年，英国《龙的心》摄制组来到沈从文家中采访，家中放满了拍摄设备后，再也腾不开供七八个人坐的地方了，所以一行人只能全程站着。夫妇二人非常过意不去，幸而采访者不介意："沈先生都能在这种艰苦的条件下一直坚持工作，我们当然也可以了！"

1985年，美国《国家地理》杂志记者也来到沈家采访。这回，国内的接待人员提前来到沈家"考察"，看到家中环境如此简陋狭小，他们把屋内的锅碗瓢盆、书信稿件等所有的杂物都搬走，连沈从文在书房里的床也暂时拆了搬走，以使房间看起来显得宽敞些。平时无人问津，一到要受访，事关国家"颜面"时，便兴师动众地前来折腾一番，不知二老当时对此做何感想。

直到1986年，社科院终于按照正部级待遇给沈从文夫妇分配了一套五室新居，并安排了专车和司机。可惜已经八十四岁的沈从文已经没有多少福分享用这些迟到的待遇了，他只能终日坐在藤椅上，木然地望着这个世界，手也已经不听使唤，更别说写作了。亲朋好友来拜访时，他也只能艰难地发出声音或者流下眼泪来表示欢迎。舒适的环境，再也不能为这位垂暮之年的老人提供创作和工作的支撑了。

上次从美国回来后，黄永玉和张兆和都觉得应该趁沈从文行动尚能自如的时候再回一趟湘西，于是两人半劝说半强迫地带着沈从文回了家。1986 年，躺在病榻上的沈从文拉着黄永玉的手说："得亏你上次强迫我回凤凰，不然像现在这样，就真回不去了。"

1982 年，沈从文在张兆和和黄永玉等人的陪伴下，最后一次回到故乡凤凰。

听说沈从文回来，乡亲们乐开了花，又不知该如何招待，于是就捉了一只锦鸡。鸡的羽毛十分好看，非常讨沈从文喜欢，而最后却成了盘中餐，害的沈从文事后连连对张兆和说着："煞风景，煞风景！"

踏在湘西的土地上，沈从文饱含深情地搜寻着童年的记忆，每一块青石板，都书写着太多抹不去的苦辣酸甜，每一条小溪，都承载着太多不忘怀的喜怒哀乐。

重走了一遍老路，令沈从文印象最深刻的，或许还是文昌阁小学里至今仍茂盛的大树吧，当年逃学常在树下被罚站，为了躲避旧式私塾教育，把书包藏在土地庙的佛龛里，到野地里疯跑的场景至今历历在目。

故乡是美好的，回忆是迷人的，在故乡的土地上回忆过去，久违的幸福让老人徜徉在幸福中。

最可惜是一条沅水主流，已无地去险滩恶浪，由桃源达辰溪，行船多如苏州运河，用小汽轮拖一列列货船行驶，过去早晚动人风物景色，已全失去。再过一二年后，在桃源上边几十里"五强溪"大水坝一完成，

即将有四县被水淹没。四个县城是美的，最美的沅陵，就只会保留在我的文字记载中，一切好看清流、竹园和长滩，以及水边千百种彩色华美，鸣声好听的水鸟，也将成为陈迹，不可回溯，说来也难令人相信了。

再美的回忆，也挡不住现实，挽不回曾经。这个原本风华绝代的世外桃源，也随着人们的老去而渐渐老去了。

此后，沈从文再也没有力气回家了，他把最后的才情洒在了投向故乡的最后一瞥中。

从年轻时起，沈从文就时常受到病痛的折磨。流鼻血是他一直以来摆脱不了的一种病，早在1929年，沈从文自己就在给朋友的书信中说：

我身体太坏了，一上学校，见学生太年青就不受用，打主意班上凡是标致学生令其退课，则上课神清气爽矣。……一面教书一面只想死……我流鼻血太多，身体不成样子，对于生活，总觉得勉强在支持。我时时总想就是那样死了也好，实在说我并不发现我活的意义。

半年后他又在给同一位朋友的信中写道：

几天来一连流了两次鼻血，心中惨得很，心想若是方便，就死了也好……我有时是很清楚我自己，因为体质的不济，以及过去生活的放肆，性情特别坏，是已经极不适宜于同女人周旋的了。

1930年，他又写道：

现在一点不明白，未来的情形，就是我鼻子血管破了，打针失效，吃药不灵，昨天来流了三回，非常吓人，正像喷出。我现在自己打算，若再流三次就完了。若不流，有一个月可以动作了。医生要我一个月内莫动莫做事，才无危险。我自己因为有了经验，总想一个礼拜不是死，就一定是爬得起来做事……

为什么缘故血又流了？是因为做文章，两天写了些小说，不歇息，疲倦到无法支持，所以倒了。今天因为冰包头，头反而清楚了许多。不敢爬起，爬起就流了。

今天同昨天不同，昨天因为打过针的医生走去，血还从口里浸，我以为一切完事了。今天流了一回，这时冰住了，我觉得你说的"气概强"使我感到要活下去。

沈龙朱说："爸爸很容易流鼻血，这是很长时间的问题，可能就是血小板少。当时感觉很狼狈，做事情就感觉他很累，比如说感冒以后和感冒前期他都会流鼻血。"而谈到这对沈从文身体状况的影响，"直接的没什么大影响，主要就是看见他很狼狈。有时候做事情，鼻子里塞两长条纸卷跟象牙一样。一旦流血两个鼻子都得塞着。"看起来，病无大碍，悲观的情绪倒是害得沈从文战战兢兢了这么多年。到了20世纪四五十年代后，也就不怎么流鼻血了。

新中国成立后，摆脱了鼻血困扰的沈从文又受起了"头昏"的折磨。1950年在革命大学学习的沈从文就常感到"晚上头极痛，可悯"，进入历史博物馆工作后，也常"头昏沉之至，可悲"。1951年他在家信中写："头总是不大好……弄了些药，未见好。得了瓶酵母维他命，吃过不少，无效果。……心总是不大好心脏影响或由之而来。"后来又说"恐得事先到医院去检查一回，躺个十来天，把心脏和血压毛病弄好，不然照着过去那么工作方式写，血管怕支持不住。头脑要用久就昏昏的。"

到了1968年3月，沈从文"血压仍在二百间，心痛已加剧，每晚醒来必痛，白天也长痛。生活若无大变化，不会忽然恶化，若大冲击一来，就说不上了。"到了 10 月，"血压已上升二百三，脑子经常沉重，心也长是隐痛，照这么下去怕不易维持，好在不出门，吃东西极其谨慎小心，隔日梅溪来为注射碘剂一次。别的药也还不缺少，一时或不至于出意外事故。但是，照近半年发展看来，总是在逐渐升级……。"

1969 年重病在身的沈从文不得不离开北京，"下放"湖北，临走前他给虎雏写信："我并没有什么舍不得北京处，只是心脏麻烦。大致将老死新地。"

身陷如此境遇，加上病痛的侵袭，沈从文大约就是为了《中国古代服饰研究》而活着的了吧。

人生中的最后几年，身患脑血栓的沈从文生活已无法自理，离了张兆和就无法生活。握不动笔了，他就口述，由张兆和代笔写东西、回信；连话也说不清楚了，老朋友来拜访时，就由张兆和"翻译"、传达；再后来，连穿衣、洗脸都必须在张兆和的帮助下才能完成了，甚至连自己写的文章也不认识了，只会说"写得好啊"。

一次，有一位邻居的孩子跑到沈从文家，由于他费尽了力气却怎么也考不上大学，便来求教大作家该怎么办。

沈从文却说："上大学、当作家有什么用？都没用！你还是到社会上去吧，当记者吧，当记者好！"

张兆和连忙阻止："怎么能这样讲呢！别听他的，还是要上大学的……"

沈从文却很不服气地打断："没用！没用！……"说着，老人的神色黯然起来。当了一辈子作家，写了一辈子书，搞了一辈子研究，或许他的苦，别人不懂。

似水流年，悄无声息，哪怕有张兆和寸步不离的照料，沈从文的身体依然一日不如一日。1988 年 5 月 10 日，八十六岁的沈从文先生心脏病复发，抢救无效，离开了这个风雨摧残的世界，给后人留下了无限的感慨与叹息。

向成国在《他静静地走了》一文中写道：

他突感不适，只觉眼睛昏花，慢慢地看不见东西，……张先生扶沈先生上床休息，给他服用硝酸甘油片，然后迅速打电话请医生，通知儿女和沈先生的几位助手。很快，沈先生的助手王亚蓉等赶到，孙女沈红赶回，医生带着氧气袋和其他急救药品、器械迅速赶到，救护车也及时守候在楼下。在医生们全力抢救中，沈先生一直很平静。六点左右，沈先生对夫人张兆和先生说："我不行了。"张先生安慰他说："不要紧，我们送你到医院。"沈先生说："送医院也不行了。"沈先生紧紧地握着夫人的手说："三姐，我对不起你。"这是沈先生留给家人最后的话。慢慢地，他神志模糊，晚上 8 点 35 分，心脏最后停止了跳动。

张允和则在 12 日的日记中写道：

1988 年 5 月 11 日，下午 2 点 35 分，我们到沈从文家。进门，家里比平时更安静。客堂里，沈二哥的一张照片被披上了黑纱，照片前的茶几上有一篮绚丽多彩的鲜花，这是小龙朱的花场的花，是二哥的大儿子小龙朱亲手栽培的花。我们只默默地注视着沈二哥的照片，默默地站了一会儿。

孩子们说，三妹在休息。我轻轻推开沈二哥和三妹卧室的门，三妹站在床前，并没有睡。我轻轻抚摸着三妹的手，我们在书桌边坐下了。三妹很平静安详。我默默无言，不知说什么好。倒是三妹先开口了，像叙述一件别人的事。她说："二哥昨天下午 4 点多时，还扶着四妹充和送他的助行器笑着走路。5 点多钟二哥感觉气闷和心绞痛，我扶他躺下，他脸色发白。他不让我离开他，但又说要送他上医院。"当时家里只有三妹一个人和一位刚请来不久的男保姆。三妹安慰了他，匆忙打了几个电话。三妹又说："过去在他五年的病中，我时时刻刻在他身边。他一时不见我就唤，我总飞快地回到他身边。"

"先是二十号楼（三妹家住崇文门东大街二十二号楼）我们的堂妹夫王正仪医生来了，摸摸脉、听听心脏，不言语。随后救护车和医生来了，历史所的王序、王亚蓉来了，家里人也陆续回来了。进行抢救，打了三针强心针，几位医生护士轮流进行人工呼吸和按摩心脏，一直到晚上 8 点 35 分……"

三妹回头问她的小儿媳张之佩说："给二姨倒茶没有？"我说："已经有了。你这五年也太累了。除了照应沈二哥，你什么也做不了。"

三妹还是那样镇定、安详。这安详内含着一颗哀沉的心。

三妹低沉的声音："是的，我很佩服冰心，她的身体比我坏得多，可是她还在写。我要学她，这以后，我空了，我要写二哥，写他最后的五年，写……"

林斤澜和汪曾祺参加遗体告别仪式。仪式上没有政府要员，没有文艺官员。每人挑选一支白色的或紫色的鲜花献在先生的身旁。先生生前喜欢的柴可夫斯基的《悲怆》在舒缓地回响，张兆和先生出奇的冷静。一位亲属抑制不住低声哭泣，张兆和说："别哭，他是不喜欢人哭的。"是的，这是一位有品格的、有个性的伟人！这令林斤澜想起吴组缃和陈翔鹤共同的一句话："从文这个人骨子里很硬，他不想做的事，你叫他试试看！"

而他逝世于北京，消息却来自海外。5 月 12 日起，香港和台湾的报纸率先刊登了沈从文逝世的消息，并发表了相关的纪念文章。大陆的新闻媒体却迟迟不见动静。直到 18 日以后，《人民日报》《光明日报》等才先后报道了相关消息，据称消息迟迟不见报的原因是新华社认为"人物评价尺寸难以掌握。"

至死沈从文还未被他的祖国所接纳。

巴金在《怀念从文》中愤怒地质问："人们究竟在等待什么？我始终想不明白，难道首长没有表态，记者不知道报道应当用什么规格？有人说：'可能是文学史上的地位没有排定，找不到适当的头衔和职称吧。'又有人说：'现在需要搞活经济谁关心一个作家的生死存亡？你的笔就能把生产搞上去？'"

黄永玉也嘲笑说："表叔呀表叔！你想你给人添了多少麻烦！全国第一家报纸，用一个多星期的智慧还得不出你的准确斤两的估价。不免令我想起了莎士比亚的哈姆雷特的那句话来：'死还是活？这真是一个问题。'"

事实上早在1985年时，为庆贺沈从文从事文学创作和文物研究六十周年，《光明日报》就已在头版头条发表了题为《坚实地站在中华大地上——访著名老作家沈从文》的长篇专访。其中的"编者按"看起来早就确定了沈从文在中国文化界应有的地位："年高德劭的沈从文先生是中国现代文学史上一位重要作家。20世纪50年代初期，由于历史的误解，他中断了文学创作，改为从事中国古代文物研究。在这个领域中他又取得了令世人瞩目的成就。然而他是这般谦虚，这般豁达，这般不计较个人委屈……，坚定地站在祖国的大地上。这一切，正体现了中国知识分子的崇高风范。"

在沈从文逝世近二十年后，一位名叫马悦然的瑞典人对中国记者说："这个话我不应该对你说，不过时间已经过去很久，现在可以告诉你。要是沈从文那个时候还活着，活到10月份就肯定会得奖。沈从文的去世对我来说是最遗憾的事。"

原来，汉学家马悦然1985年当选为瑞典学院院士，成了诺贝尔文学奖的评委，在翻译了沈从文的《边城》《长河》等作品之后，他深深地为这位湘西的"乡巴佬"所折服，于是极力推荐沈从文为诺贝尔文学奖的候选人。1988年5月的会议上，瑞典学院已经确定沈从文为当年的获奖者。谁知5月10号马悦然接到龙应台的电话，说沈从文

可能已经去世。马悦然大惊，赶快打电话问中国驻瑞典大使馆文化秘书消息是否属实，谁知秘书却反问："沈从文是谁？"无奈的马悦然只好放下了电话。后来打电话给记者李辉，才确定沈从文真的去世。这使他抱憾终身。

他行过许多地方的桥，看过许多次数的云，喝过许多种类的酒，终于，他还是回到了故乡，归葬在了湘西灵秀的山水里。

"照我思索，能理解'我'；照我思索，可认识人。"这是墓碑正面的沈从文手迹。

"不折不从，亦慈亦让；星斗其文，赤子其人。"这是背面张充和的题词。

宇宙实在是个极其复杂的东西，大如太空列宿，小至蚍蜉蝼蚁，一切分裂与分解，一切繁殖与死亡，一切活动与交易，俨然都各有秩序，照固定计划向一个目的进行。然而这种目的，却尚在活人思索观念边际以外，难于说明。即求生命永生。永生意义或为生命分裂而成子嗣延续，或凭不同材料产生文学艺术。也有人仅仅从抽象产生一种境界，在这种境界中陶醉，于是得到永生快乐的。

曲曲折折，弯弯绕绕，沈从文就在这种对生命对宇宙的单纯理解中，走完了他的一生，今后的路，留下张兆和一人独自面对。

纸上的爱情之花

驾鹤西去君不还，人生在世今成梦。离去的人，总是把伤痛和泪水留给活着的人独自去承受。

张兆和开始整理沈的信件和一些文字，编成《从文家书》。1995年8月，她在《后记》中这样写道：

六十多年过去了，面对书桌上这几组文字，我不知道是在梦中还是在翻阅别人的故事。从文同我相处，这一生，究竟是幸福还是不幸？得不到回答。我不理解他，不完全理解他。后来逐渐有了些理解，但是，真正懂得他的为人，懂得他一生承受的重压，是在整理编选他遗稿的现在。过去不知道的，现在知道了；过去不明白的，现在明白了。他不是完人，却是个稀有的善良的人。对人无机心，爱祖国，爱人民，助人为乐，为而不有，质实朴素，对万汇百物充满感情。

照我想，作为作家，只要有一本传世之作，就不枉此生了。他的佳作不止一本。越是从烂纸堆里翻到他越多的遗作，哪怕是零散的，有头无尾的，就越觉得斯人可贵。太晚了！为什么在他有生之年，不能发掘他，理解他，从各方面去帮助他，反而有那么多的矛盾得不到解决！悔之晚矣。

这引起了世人对两人婚姻是否美满的种种猜忌？她在丈夫的书信中发现了什么？发现了一个从未被自己理解的灵魂吗？发现了他们的爱情之花，终究还是开在纸上的吗？多数人眼中的郎才女貌，真的是那样天衣无缝吗？

或许从收到第一封情书开始，两人便已经在书信中迷失了自己。张兆和放弃了原则，放弃了长远的考虑，一头扎进了漫天飞舞的情书中，在纸上寻找爱情的滋润，一找，就是一辈子。

然而才子佳人的浪漫爱情总是敌不过日常生活的柴米油盐。结婚后，两个人的成长背景完全不同，爱情完全是建立在缥缈的情书基础上，琐碎现实的凡人生活自然使他们矛盾百出。

沈从文平素不善理财，又爱收藏古董文物，因此没什么积蓄，当时张兆和生活也很困难，但是沈从文并不认为他们矛盾的结点在生活的困难，反而仍旧沉迷于感情的焦虑中。他认为张兆和的抱怨和疏离，是因为张兆和不爱他，不愿意与他一起生活，却忽略了，女人最无法忍受的，就是男人的不信任。

她也不明白他为什么那么好面子，自己没钱还要打肿脸充胖子地给朋友钱花；她也不明白他为什么花那么多钱买那些古董瓷器有什么用。因为在一起矛盾太多，张兆和曾经多次故意制造机会与沈从文分开，甚至有一段时间，两人同住北京，却分居两室，沈从文每天吃了饭便走。虽然是有客观原因，但不得不让人疑惑。

不管张兆和怎样对待自己，沈从文依然视之为女神。她永远是沈写信唯一的对象，即便在兆和最不理解自己的时候，从文依然饱含深情地向她写信倾诉。张允和在《从第一封信到第一封信》里记录过这样一幕："沈二哥说：'莫走，二姐，你看！'他从鼓鼓囊囊的口袋里掏出一封皱头皱脑的信，又像哭又像笑对我说，'这是三姐（他也尊称我三妹为"三姐"）给我的第一封信。'他把信举起来，面色十分羞涩而温柔。我说：'我能看看吗？'沈二哥把信放下来。又像给我又像不给我，把信放在胸前温一下，并没有给我，又把信塞在口袋里，这手抓紧了信再也不出来了。我想，我真傻，怎么看人家的情书呢，我正望着他好笑。忽然沈二哥说：'三姐的第一封信——第一封。'说着就吸溜吸溜哭起来，快七十岁的老头儿像一个小孩子哭得又伤心又快乐。"那种收到第一封回信的喜悦，在老人心里徜徉了几十年。

他也曾失望，也曾愤怒，也曾抱怨说："你爱我，与其说爱我为人，还不如说爱我写信。"但他依然将她放在内心最深处。

然而，六十多年里，张兆和似乎一直活在一个她虚构的写信人带给她的生活里，从来不曾真正走进过沈从文，也从来不许沈从文走进自己……

于是，有人说，张兆和从来就没有爱过沈从文，两人也从来不幸福。

可是，从来没有人可以定义幸福。不理解，就意味着不幸福吗？婚姻本就是两个不同的人的结合，十分地理解，从来都不可能；又或者说，喜欢一样东西到一定时间会感到厌烦，可结婚却要你花一辈子的时间去面对同一个人，因而与其说谁对谁错，倒不如说婚姻本身便是一种无人性的制度。故两人相互扶携，相伴而终，平平淡淡，又有坎有坷，又何尝不是一种幸福。人的一生会遇见很多人，但只有一个人，会伴你走过这一生的风风雨雨。那么为了这一个人，无论经历什么，都应当是值得的。人们常说爱情的一半靠幻想，在沈从文的眼中，张兆和就是生命中最大的一部分，不离不弃。

1972 年时，沈从文在写给儿媳张之佩的信中这样总结：

妈妈一生最值得学习之处，即对自己，十分克制谦虚，对人，极懂好坏，但从不用自己水平去要求人。这一点我可就差多了。我唯一长处，即对人，知鼓励其长处，对自己只拼命抓紧学习，集中精力求工作进展，决不稍存投机心情，走捷径向上爬。学什么也总不自满，而又不在工作得失上萦心。……今日正和妈妈说笑，若五十年前稍存依赖心，决不会离开军中，独自跑到北京来，一切"由无到有"的进行学习，你们也不会存在了。来到后，事实上经常挨饿……我还是一个不在乎。而且活得很硬扎……一面固然近于"幸运"，一面似乎应该说是和"做人态度"，以及和妈妈彼此相互帮助勉励有关。因为近廿年的种种，妈妈对我们一家的平安所做的贡献，是十分大的。我们应当共同向妈妈学习。

男子只懂得人生哲学，女子却懂得人生！沈从文希望生活可以浪漫一些，哲学一些，他想不到现实里的那些事；张兆和更希望生活可以浪漫一些，但是现实逼着她不得不现实，直面人生。和文人，或者说和有思想的人相爱实在辛苦，理想国里的爱情之花很难在现实中找到相宜的土壤，这就是世间无所不在的矛盾。如果说没有张兆和，如果说沈从文找了一个跟自己一样不食人间烟火，活在自己"边城"的梦幻中的诗意女子，那么两人该怎样过完曲折的一生，是很值得商榷的。沈从文希望张兆和住在边城，张兆和把沈从文拉回现实，拉回人生。

1996 年，《从文家书》出版。这是张兆和与虎雏在沈从文去世后完成的一项大工程。为了将联结两人的命脉公布于世，张兆和马不停蹄、夜以继日地工作。

2002 年 12 月，沈从文诞生一百周年即将到来之时，北岳文艺出版社出版了三十二卷本的《沈从文全集》，其中收集了所有能收集到的沈从文的文字，总字数超过一千万字，其整理过程凝结了张兆和的全部心血。

此时的张兆和已经九十二岁了，也许是她生命中最后一点点的神智都献给了《沈从文全集》，在她生命最后的一个月里，衰老、记忆模糊的她已经不认识沈从文了。有人拿着照片给她看，她说："好像见过。"又说："我肯定认识。"但她已说不出"沈从文"这个名字，这个曾经让她骄傲的名字。

斯人已去，鸿雁传书所记载的一切都变成了回忆。老人的眼泪滴到书页上，两人漫长的爱情已使她分不不清这泪水是源于幸福还是源于伤痛。

2003 年 2 月 16 日，距离《沈从文全集》出版后仅三个月，完成夙愿的张兆和终于去另一个世界与沈从文先生相亲相爱了。张兆和去世。

回头再看一起走过的路，谁对谁错，谁为谁的付出更多，谁因谁的不幸更甚，都已无所谓。甜酒，苦酒，都是暖心的酒。

兆和当年的话没错："如果被爱者不爱这献上爱的人，而只因他爱的诚挚就勉强接受了他，这人为地，非有两心互应的永恒结合，不但不是幸福的设计，终会酿成更大的麻烦与苦恼。"因此可以说两人的结合是不幸的。

从文当年的话也没错："有幸碰到让你甘心做奴隶的女人，你也就不枉来这人世间走一遭。做奴隶算什么，就算是做牛做马，被五马分尸，大卸八块，你也是应该豁出去的！"因此又可以说两人的相互付出是幸运的。

幸福，本就是当初轰轰烈烈不计后果的付出，到家长里短的矛盾，再到平平淡淡的相携相拥，执子之手。开在纸上的爱情之花，谁说能够罩得住两个人一辈子的幸福，谁又能说它不会开出永恒。

2007 年，张兆和的骨灰从北京移至凤凰县沈从文墓地。两人终于相聚在了青山翠柏间，相依相伴。不能理解在有生之年，那就理解在另一个世界。

愿两人深情的凝眸，穿越这世间一切的不堪与误解，跋山涉水，清浊相间，直至澄澈透亮，在阳光下闪耀出生辉的希冀。